光文社文庫

殺人犯 対 殺人鬼

早坂　吝

目次

登場人物表

網走一人（13）……主人公
五味朝美（13）……いじめられっ子
剛竜寺翔（15）……暴力団組長の息子
御坊長秋（15）……ゴボウのように痩せて長身
妃極女（15）……剛竜寺の彼女
飯盛大（14）……お調子者の肥満児
最上秀一（17）……最年長だが舐められている
鏡宮美羅（14）……ミラーデーモン呪羅に取り憑かれていると主張する少女
足原鈴（14）……無口な筋トレ少女
探沢ジャーロ（13）……探偵気取り
馬田刃矢士・鹿野加夢意（9）……腕白二人組
姫島桐亜（9）……妃の妹分
厨子和志（8）……松葉杖の少年

殺人鬼X……右の中の誰か
幽子(ゆうこ)（35）……Xの母、インチキ霊能者
論田進午(ろんでんしんご)（55）……民俗学の教授
力重狐々亜(りきしげここあ)（15）……狐憑きの少女
近藤千尋(こんどうちひろ)（75）……近隣住民

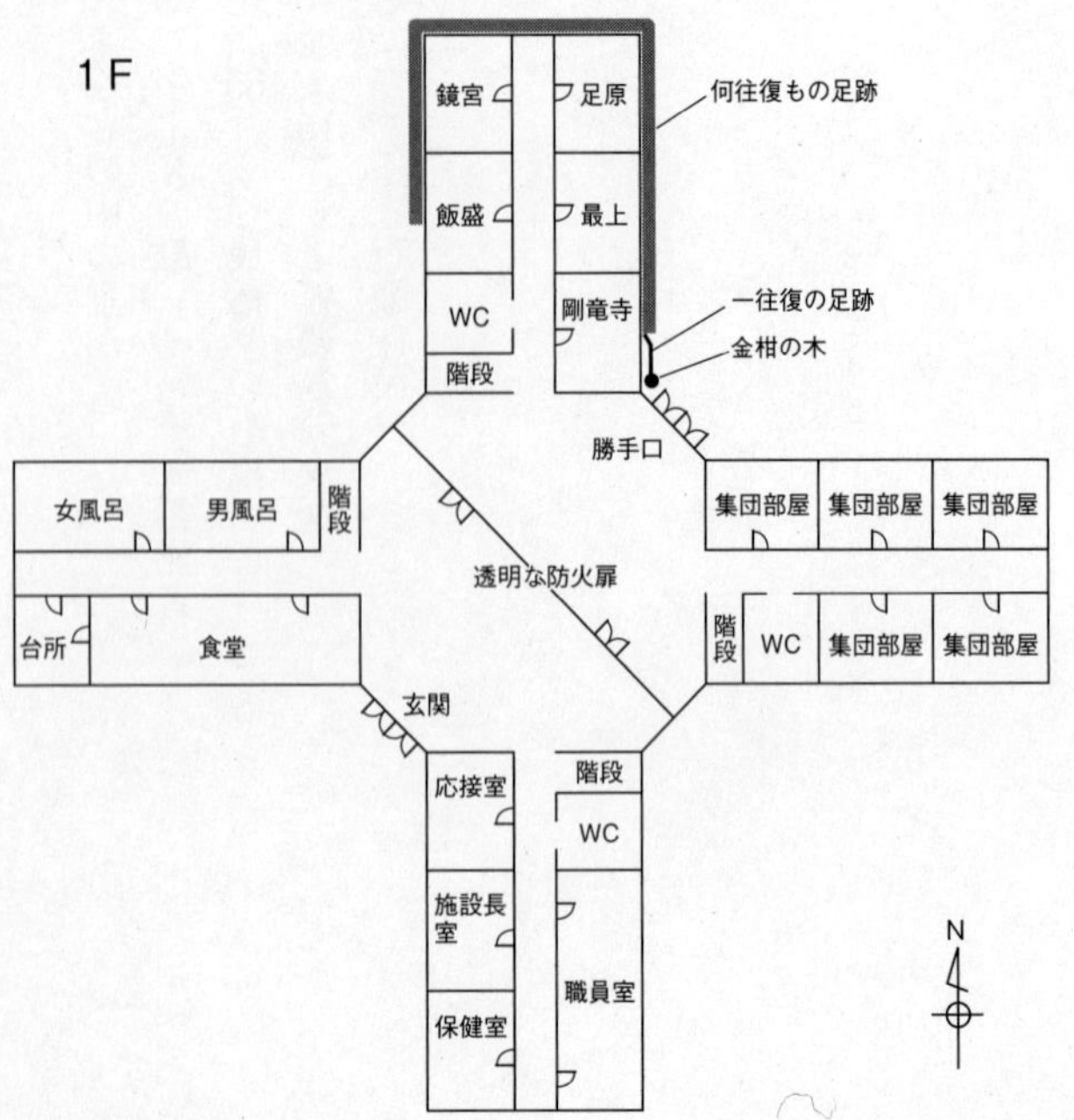
1F
鏡宮
足原
何往復もの足跡
飯盛
最上
WC
剛竜寺
一往復の足跡
階段
金柑の木
勝手口
女風呂
男風呂
階段
集団部屋
集団部屋
集団部屋
透明な防火扉
階段
WC
集団部屋
集団部屋
台所
食堂
玄関
応接室
階段
WC
施設長室
職員室
保健室
N

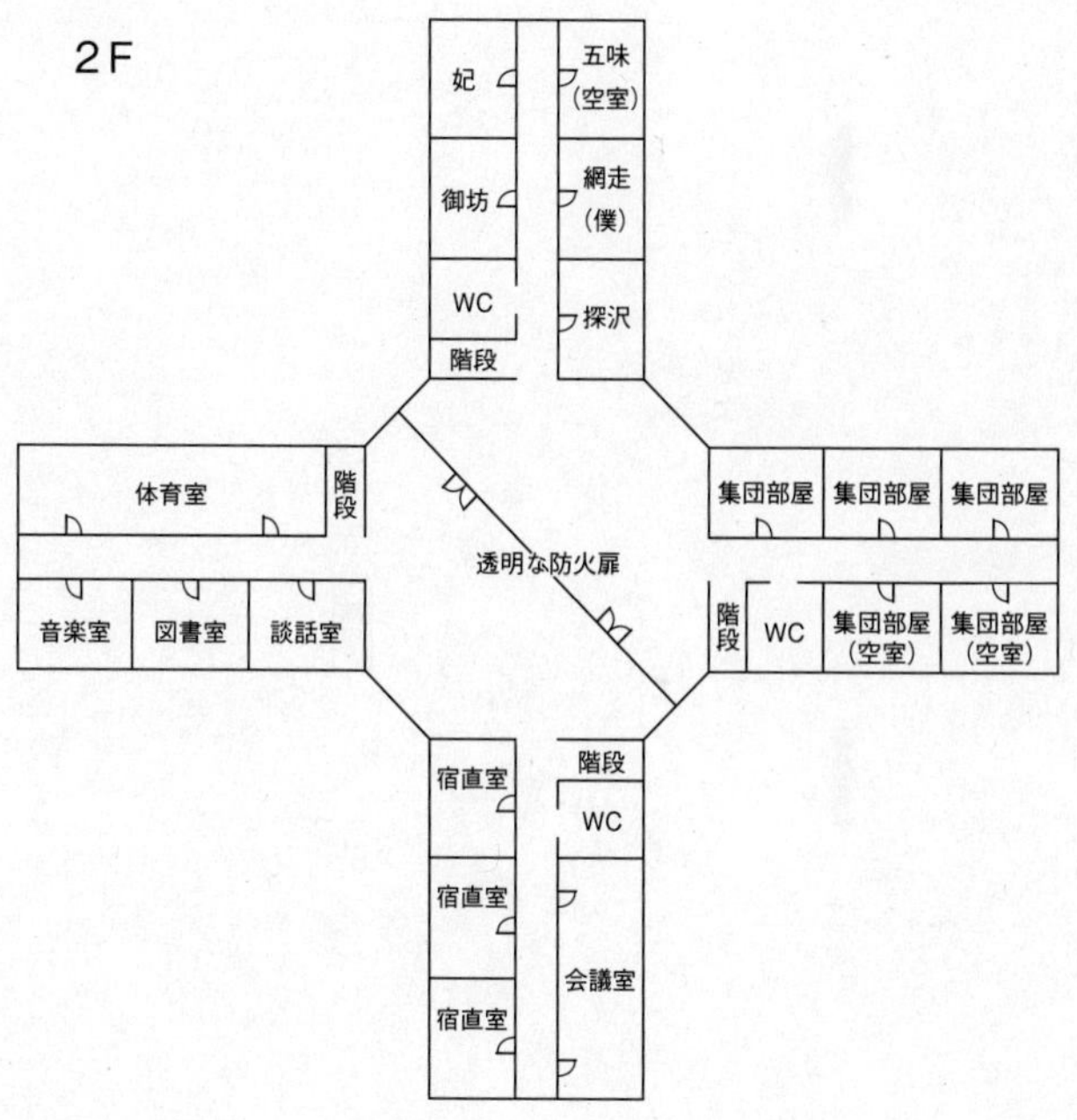
2F
妃
五味
(空室)
御坊
網走
(僕)
WC
探沢
階段
体育室
階段
集団部屋
集団部屋
集団部屋
透明な防火扉
音楽室
図書室
談話室
階段
WC
集団部屋
(空室)
集団部屋
(空室)
宿直室
階段
WC
宿直室
会議室
宿直室

第一節は、数多の神話に語り継がれる黄金の果実

剛竜寺翔、殺しに来たぞ。

僕は心の中で宣言した。その瞬間、抑え込んでいた殺意がぶわっと噴き出してきて、全身が熱くなった。

左手で剛竜寺の部屋のドアノブを握った。台所のゴム手袋の下に、自分の防寒用手袋を着けている。二重にしているのは、ゴム手袋の裏に指紋を付けないためだ。

同様の二重装備として、返り血防止の共用レインコートのフードの下に、自分の野球帽を被っている。これはフードに髪の毛を残さないためだ。

他には、血を踏んでもセーフなように共用のスリッパを履いている。

常夜灯だけが点る暗い廊下をもう一度見回して、人気がないことを確認してから、慎重にドアノブを回した。音がしないよう、ゆっくりドアを開けていく。午前四時なので部屋は真っ暗だ。室内に滑り込むと、左手でドアを閉めた。

嵐の音に包まれた闇の中で、金臭いような生臭いような、鉄と肉をグチャグチャッと混

ぜたような匂いが鼻を突いた。

これは……血の匂いじゃないか？

でもそんなはずはない。血はこれから流されるのだから。

それに、匂いには別の成分が交じっている気がする。すっと爽やかな、馴染み(なじ)のある匂い。

……柑橘(かんきつ)系？

だけど血と柑橘類はどうしても結び付かない。だとすると最初に感じた匂いはやっぱり血じゃないのかもしれない。

いつまでも匂いにこだわっているわけにはいかない。僕は左手でレインコートのポケットからペンライトを出すと、床に向けてスイッチを入れた。板張りの床が円状に照らし出される。

さっきから左手ばかり使っているのは、右手に台所の包丁を握っているからだ。これを剛竜寺の体に突き立ててやるのだ。胸、腹、首……どこでもいい、剛竜寺が死にさえすれば。

奴ら三人は許されないことをした。

全身が小刻みに震えているのが分かる。武者震いじゃない、恐怖から来る震えだ。僕だって本当は人殺しなんてしたくないんだ。

それに寝込みを襲うとはいえ、大柄で喧嘩慣れしていそうな剛竜寺を殺せるだろうか。やっぱり御坊長秋（ごぼうながあき）からスタートした方が良かったんじゃないか。今からでも遅くない。一旦自室に戻って、計画を練り直し……。

ダメだダメだ、弱気になるな！　どっちから殺し始めても全体の労力は同じだろう。ゴチャゴチャ言ってないで、やるしかないんだ僕は。

病院のベッドで未だに意識が戻らない女子の顔を思い浮かべる。彼女がそんなことになったのは、全部剛竜寺たち三人のせいなのだ。

僕は腹を決めると、ベッドに忍び寄った。そしてペンライトで枕元を照らした。

ところが――。

ベッドはもぬけの殻だった。

しまった、トイレか？

あるいは――彼女である妃極女（きききわめ）の部屋か。そうだ、その可能性は充分あり得る。大人たちが施設にいないこの夜、あの不良カップルがここぞとばかりに盛（さか）り始めるのは予想できて当然だったのに。迂闊（うかつ）だった。

いや、まだそうと決まったわけではない。普通にトイレとか水を飲みに行ったとかで、すぐに戻ってくるかもしれないじゃないか。とりあえずここで待ち伏せして、しばらく経っても戻ってこなかったら、その時また考えよう。

さあ、そうと決まればクローゼットかどこかに隠れなければならない。僕は隠れ場所を探すべく、ペンライトの光を室内に走らせ——その手が凍り付いた。

学習机の回転椅子に、人影。

誰かが机に背を向けて座っている。剛竜寺らしき大柄な人物が。

こんな真夜中に電気も点けず、椅子に座っている？

寝落ちなら電気が点けっぱなしになっているはずだ。じゃあ、どうして……。その不気味さにただただ背筋が寒くなった。

僕は右手の包丁をぐっと握り、左手のペンライトで人影を照らし出した。

「えっ」

思わず声が出た。

その人物のパジャマの胸から異物が突き出している。包丁の柄だ。その周囲のパジャマは赤黒く染まり、よく見ると刺し傷らしい切れ目が複数開いている。

椅子の足元には血溜まり。付近の床には、犯人があちこち歩き回ったような血の足跡に加え、血まみれの物品が散乱していた。一組のゴム手袋とスリッパ、レインコート、果物ナイフ……。床の血も物品の血もすべて乾き切っているようだ。

それにしても果物ナイフ以外は、僕が用意した犯行道具と完全に一致しているじゃないか。あまりの一致率に、僕はつい自分の全身を見直した。実はすでに無我夢中で殺害を終え、その記憶が飛んでしまっているんじゃないかと思ったからだ。

　もちろんそんなことはなく、僕の包丁はちゃんと右手の中にあったし、ゴム手袋・スリッパ・レインコートも身に着けたままだった。僕は今まで多重人格者のように記憶が飛んだことはないので当然だけど。

　僕はこの部屋に来る直前に、これらの犯行道具を集めた。台所に元々刃物が何本あったかは知らないし、ゴム手袋・スリッパ・レインコートはたくさんあるので、それらが減っていることには気付かなかった。でもタイミングを考えると、その時すでに犯人はそれらを持ち出して犯行を終えていたはずだ。

　僕と思考回路が似た計画殺人者が、僕より先に剛竜寺を殺した？　剛竜寺を恨んでいる奴は多いだろうから、あり得ない話ではないけど……。

　そもそも椅子に座っているこいつは本当に剛竜寺なんだろうか。いや、剛竜寺の部屋で剛竜寺らしき大柄な人物が死んでいるのだから、まず間違いないだろうけど、万が一ということもある。僕は確認すべく、ペンライトの光を上にスライドさせた。

「――――」

　今度は声すら出なかった。

　ペンライトが照らし出した顔は、確かに剛竜寺のものではあった。でも一箇所だけ決定的な違いがあった。左頰に血が伝い、その上の左目が――本来左目があるべき部分が――

黄色い丸になっていた。

何だこれ、この黄色いの……。

目が二つ、鼻が一つ、口が一つという人間の顔の基本形。それをぶち壊した唐突な黄色は、だけどどこか見覚えがある、ざらついた表面をしていた。

その時、血と柑橘類が交ざり合ったような例の匂いが再びした。さっきはあり得ないと否定してしまったが、血は現にこうして流れている。だったら柑橘類の方も直感が正しかったんじゃないか。

そうだ、この黄色いのは柑橘類の皮だ。大きさからして、施設の外に生えている金柑（きんかん）だろう。

金柑の皮が剛竜寺の左目の上に載っている？　いや……。

だったらどうして顔が俯（うつむ）いているのに皮は落ちないんだ？　包丁とは別に用意された果物ナイフは何に使われたのか？　左目から流れ出したように見える血は？

それらの事実から一つの恐ろしい想像が生まれる。

まさか犯人は剛竜寺の左目をくり抜き、そこに金柑を押し込んだんじゃないか。金柑は柑橘類では一番小さく、直径三センチくらいなので、入れようと思えば入るかもしれない。

――そんな馬鹿な。いくら剛竜寺がクズでも、何でそこまでする必要があるんだ。例えば何度も殴打したとか、めった刺しにしたとかならまだ分かる。でも眼球を抉（えぐ）り出して代わりに金柑を入れるなんて、恨みを晴らす手段にしては猟奇的すぎる。

そうだよ、そんなことするはずない。きっと金柑の皮を目の上に載せただけなんだ……。

…………。

自分に言い聞かせつつも、確かめずにはいられなかった。

僕は包丁を学習机の上に置き、二重に手袋をした右手を金柑に伸ばした。そして人差し指でその表面を押した。

ぶよっ。

僕は思わず手を引いた。金柑は滑り落ちることなどなく、そのままの位置に収まっている。皮の向こうにあるのが眼球なのか果肉なのかは分からなかった。それでも、ただただ触ってはいけないものを触ってしまったという感覚だけが指先に残っていた。

皮を手前に引っ張って確認してみる気には到底なれなかった。

僕はせめて剛竜寺が本当に死んでいるかということだけは確認するために、手首の脈を取った。するとやっぱり死んでいた。まあこれで死んでいなかったらおかしいけど。

剛竜寺は死んだ。僕が殺す前に、何者かに殺されて。

おかげで計画が大幅に狂ってしまった。自室に戻って、一度計画を立て直さないと。

僕は学習机の上に置いた包丁を手に取った。その時、ラバーマットの表面に水の円が付いていることに気付いた。濡れたコップか何かを置いた跡だろうか。事件に関係があるかもしれないけど、今それを考える気力はない。

ドアを少しだけ開けて人目がないことを確認してから、廊下に出てドアを閉めた。ひんやりした三月の廊下を、抜き足差し足、自室に向かう……と、その前に。

朝になって死体が発見されたら、持ち物検査が行われるかもしれない。なら犯行に使うつもりだった道具を自室に持ち帰るわけにはいかない。僕は階段下の共用ロッカーを開け、レインコートとペンライトを返却した。それから台所に行って、包丁を元の場所に戻し、ゴム手袋をゴミ箱に捨てた。スリッパは玄関の靴箱に戻した。

手ぶらになった僕は階段を上がって、二階の自室に戻った。

＊

ここは私立の児童養護施設「よい子の島」だ。

島というのは何かの比喩で付けられた名前じゃない。文字通り、本土の側に浮かぶ孤島に、この施設は立っている。人里離れた島で自然と触れ合うことで、両親を亡くしたり虐待を受けたりした子供たちの傷を癒やすのが狙いだ――というのは名目上の話。

本当は本土に建てようとしたらしいけど、どこに行っても地域住民の猛烈な反対に遭い、仕方なく無人島に建てるしかなかったという。反対の理由は「児童養護施設ができると治安が悪くなるから」。児童養護施設に入所するような奴は底辺の問題児に決まっているというわけだ。

ひどい場合には、養護学級と勘違いして、障害児の集まりだと思っている連中もいる。別に障害者を馬鹿にするわけではないけど、違うものを一緒くたにされるのは腹が立つ。

もちろん施設の職員はそんなこと僕たちには言わない。でも僕たちも義務教育は受けなければならないから、毎日職員の運転するクルーザーで本土の小中学校に通っている。そこでそういう言葉や空気に自分が直面したり、あるいは直面した入所者から又聞きしたりで、自分たちの置かれた立場を知っていく。つまり――。

社会に求められない僕たちは孤島に追いやられた。

「よい子の島」は四十人の児童を抱えている。厳密に言うと、一人は意識不明のまま本土で入院中なので、いま島にいるのは三十九人だ。十三歳以上の「年長組」が九人、九歳以下の「年少組」が三十人。十歳から十二歳の児童たちが里親に引き取られることがたまたま重なり、その世代が歯抜けになったため、現在は年齢層が二極化している状態だ。年長組は個室を、年少組は四人一組の集団部屋を割り当てられている。

僕は網走一人（あばしりひとり）、十三歳の中学一年生、一ヵ月前に入所したばかりの新参者だ。

職員はと言うと、合計ではかなりの人数がいるけど、交替制なので、同時に施設内にいる人数はそこまで多くない。特に夜間は尚更だ。

普段は施設長と他二名が宿直をしているけど、今日は施設長が理事会に出席するため外泊。さらに残り二名のうち片方が島の急斜面を滑り落ちて腰の骨を折るという事故が発生し、もう片方がクルーザーで本土の病院まで連れていかなきゃいけなかった。送り届けた職員はすぐ戻るつもりだったが、折悪しく（僕にとっては折良く）突然の嵐で船を出せなくなったため、当分戻れそうにないと電話してきた。

そういうわけで、今夜この島には子供たちしかいないのだ。チャンスだと判断した僕は殺害計画を決行した。ところが、もう一人の犯人も当然同じことを考えたらしく、先を越されてしまったというわけだ。

僕は自室のベッドに寝転がり、今後のことを考える。

あの剛竜寺の殺し方——喧嘩でカッとなって殺してしまったとか、単なる復讐殺人だとかには到底思えない。どうしてあんな猟奇的な殺し方を……。

待てよ。「どうして」も何も「猟奇的な殺し方」そのものが犯人の目的だったんじゃないか？　つまり残酷な殺し方をすることに快楽を覚える異常者というわけだ。

もし犯人の目的がそれだけなら、殺すのは誰でもいいことになる。無差別殺人鬼——そんな危険人物が嵐に閉ざされたこの孤島にいる？

それは三十七人の児童の誰かなのか（あまり幼い子にはさすがに無理だろうけど）。それとも本土に渡ったふりをしてまだ島に潜んでいる職員の誰かなのか。はたまた外部の人間か。

だけど外部の人間といっても、施設のクルーザーに潜んで密航するのは無理だろうし、狭い島だから他に船が着いたら気付きそうな気もする。だとしたら、やっぱり内部犯か。

気付けば、歯がカチカチと鳴っていた。

だって次は僕が狙われるかもしれないんだぞ。嫌だ、死にたくない。他人の命を奪う道を選んでおいてわがままかもしれないけど、それでも自分の命は惜しいのだ。

それに、僕がこれから殺そうと思っているターゲットが、また先に殺されてしまうことだってあるかもしれない。どうせ殺すつもりだった人物を代わりに殺してくれてラッキー——とはならない。彼らの息の根はこの手で止めなければいけないのだ。絶対。必ず。

そのためにはどうすればいいか。僕は計画を練り直し始めた。

勢い良く流れていく思考の中で、必然的に彼女の顔が浮かび上がった。僕の人生を分岐させることになった女子、今も病院のベッドで眠り続けている女子の顔だ。

＊

記憶の断片の一つ目は、彼女の存在を初めて意識した時のこと。

それは僕が「よい子の島」に入所し、本土の中学校に通うようになって一週間。向けられる奇異の眼差しに戸惑いつつも、ようやく自分の立場を理解し始めた頃の出来事だった。友達がいない生徒にとって、昼休みは地獄の時間だ。僕は一人、自分の席に着いて、錆びた青銅のような青緑色の鍵を撫でていた。この鍵に触れていると落ち着くのだ。

そんな僕にみんなの視線が突き刺さる。視線が雄弁に語りかけてくる。

何あいつ一人で鍵触ってるのキモッ……親もいなけりゃ友達もいないってわけか……あなったらおしまいだねー私は友達がいて良かったあ……ちょっと可哀想だけど施設の子だから話しかけるのは無理かな……ああいう奴がいると教室の雰囲気が悪くなるんだよね……空気読んで出ていってくれないかな……。

分かった分かった、そこまで言うなら出ていってやるよ。

僕は鍵を筆箱にしまい、教室を出た。

勢いで出てきたが、することはない。仕方がないから校内の探索を始める。

体を動かせば嫌なことも忘れるってよく言う。でも僕の場合、歩調に合わせてネガティブな思考が次から次へと浮かんでくるのだ。

両親が死んでこの先どうすればいいのか。中学校生活はずっとこんな感じなのか。それどころか一生ずっとこんな感じなのか……。

僕は行く当てもなく校内を彷徨う。

人、人、人！

学校という空間はどこに行っても人だらけ。

人から逃げて教室を出てきたのに、また人がいるところに行くのは本末転倒だ。人の視線に弾かれながら、人気のない方へ人気のない方へと進んでいくうちに、校舎裏に辿り着いていた。

校舎の陰から男子の声が聞こえてくる。恫喝しているような声だ。

気になった僕はそっと顔を覗かせた。

ゴミ置き場の扉が開き、中身の詰まったゴミ袋がいくつか外に出されている。ゴミ袋の一つは口が開き、中身が地面に溢れている。

その側に見覚えのある四人が立っていた。全員「よい子の島」の児童だ。

凄んでいるのは剛竜寺翔という中三の男子だ。こいつは暴力団組長の息子だが、抗争で母親を殺された。父親はその復讐で敵対する組長を殺害し、現在服役中。剛竜寺組の幹部はあらかた抗争で死ぬか逮捕され、下っ端も三々五々逃げ出した結果、引き取り手がいなかった剛竜寺は「よい子の島」に預けられた。

剛竜寺は、いつかは戻ってくる父親の威光を振りかざして施設を牛耳っている。剛竜寺自身も体格が大きく、すぐ暴力に訴えるので、施設の子供たちは誰も逆らえないようだ。

そんな剛竜寺も、職員の前では一応猫を被っている。もちろん職員たちは彼の裏の顔を見抜いているけど、触らぬ神に祟りなしと思っているのか、ろくな指導ができていない状態だ。

剛竜寺はいつも腰巾着と、自分が付き合っているヤンキー女の、中三トリオで行動している。

……これらの情報は僕が一週間ですべて集めたわけじゃない。鏡宮美羅(かがのみやみら)というおしゃべり好きな中二女子がこっそり耳打ちしてくれたのだ。施設が孤島に建てられた経緯を教えてくれたのも彼女である。

さて、この日も剛竜寺たちは三人組で、一人の女子を取り囲んでいた。ボサボサの前髪で顔が半分隠れた大人しそうな女子だ。

いじめ、という言葉が脳裏をよぎる。一般生徒が施設の児童をいじめているのではなく、施設の児童間でいじめが起こっている?

この女子も施設で見かける顔だけど、向こうは無口で、僕もあまりおしゃべりではないので、まだ一度も話したことがなかった。

名前は何だっけ。僕は目を凝らして、セーラー服の胸元の名札を見た。僕と同じ中学一年生を示す色のプレートに「五味」と書かれている。ゴミと読むのだろうか。

そう考えていると、剛竜寺がまさしくそう呼んだ。

「ゴミ、お前何度言えば分かるんだよ。学校でゴミ漁るなって言ってるだろ」

「剛竜寺先輩には何も迷惑かけてない……」

五味は俯きながらも言い返したが、剛竜寺の罵声にかき消された。

「は？　迷惑かかってるんだけど。お前がゴミ漁ってるせいで、同じ施設の俺たちまで底辺だと思われるんだよ。お前のキモい行動のせいで、施設のみんなが迷惑してるの。もしかしてそんなことも分かってなかった？　『ゴミ漁り』ちゃん」

その時、剛竜寺は腰巾着のちょうど向こう側にいたため、頭部だけが見えていた。その生首が醜く歪み、吐き気を催す嘲笑を浮かべた。

腰巾着とヤンキー女もフヘヘ、キャハハと不愉快な笑い声を上げる。五味はますます俯き、そのまま前に倒れ込んでしまいそうな勢いだ。

剛竜寺はガタイがいいくせに、こんな陰湿な追い込み方もするらしい。季節は二月、花粉症を患っているらしく、鼻水が混じった粘着質な声がぴったりハマっている。

五味という女子はどうやら学校のゴミを漁っていたらしい。なぜそんなことをするのだろうか。五味という苗字はもちろん関係ないだろうけど。

理由はどうあれ、「児童養護施設にはこういう子供もいるのか」と僕ですら思わず引いてしまうような行動だ。一般生徒にとっては尚更だろう。

剛竜寺たちはそれを口実に因縁をつけたかっただけだとは思うけど、「お前がゴミを漁っているせいで俺たちまで底辺だと思われる」という主張は一応納得できる。今回は五味の方にも非があるようだし、剛竜寺は怖いし、敢えて僕が何かしなくてもいいか……。

自分に言い訳しながら、こっそりその場を立ち去った。学校の先生や施設の職員に言うこともしなかった。ちらっと覚えた罪悪感もすぐに消えてしまった。

この程度のことで罪の意識を引きずっていては、この先やっていけない。

＊

記憶の断片の二つ目は、彼女と初めて言葉を交わした時のこと。

剛竜寺たちに絡まれる五味を目撃してから数日後の出来事だ。

放課後、トイレ掃除から教室に戻ってきた僕は、ふと思い立って筆箱を開けた。少しでも荷物を軽くするために筆記用具をいくつか学校に置いていこうと思ったのだ。

そして青緑色の鍵がなくなっていることに気付いた。

確かに筆箱に入れていたはずなのに、ない。鞄や机の中も捜したが、ない。どこにもない。どこに行ったのだろう。

その時、複数人の忍び笑いが聞こえてきた。僕が顔を上げると、教室掃除やら何やらで残っていた七、八人が一斉に顔を逸らした。教室に変な空気が漂っている。

まさかこいつらが鍵を取ったのか？

想像した瞬間、怒りがむくむくと膨れ上がってきた。

僕はいきなり席を立った。

彼らは一瞬ギョッとした後、すぐにそれをおどけた笑みで覆い隠した。反応が一様すぎて笑える。敵意がないアピールって奴か？　馬鹿にしているようにしか見えないんだよ。

「おい、お前らか？　お前らが鍵盗んだのか？」

彼らは即答しない。責任をなすり付け合うかのようにキョロキョロと視線を交わし合った後、一人が半笑いで答えた。

「鍵……鍵って何のこと？」

「とぼけんな！　鍵だよ、僕がいつも大切にしていた鍵――お前らがそれを見て笑っていた鍵！　返せ！」

僕は答えた奴に摑(つか)みかかった。でも多勢に無勢で、すぐに引き離されてしまった。

誰かが僕を羽交い締めにして言った。

「おーい、誰か先生呼んできて」

その声にもやっぱり困ったような笑い声が混じっていて、ひどく耳障りだった。

僕は踵(かかと)でそいつの脛(すね)を蹴ってやった。そいつは悲鳴を上げて僕を解放した。

その隙に僕は鞄を摑んで、教室を飛び出した。鍵のことを諦めたわけじゃなかったが、今はこれ以上この場にいたくなかった。

あの鍵は大切な思い出なんだ。幸せな家庭に暮らしてるお前らには分からないだろうけどな。

心の中で毒づきながら、大股で校舎を出た。

でも校門のところで、後ろから呼びかけられた。

「網走くん」

振り返ると、例のゴミ漁り少女が立っていた。

「えーと、五味(ごみ)さん」

僕が名前を呼ぶと、彼女は泣き笑いのような複雑な表情を浮かべた。それを見て僕は気付くべきだったんだ。でも気付くことができなかった。

彼女はふっと息を吐いて表情を取り繕うと、こう言った。

「これ、もしかしたら網走くんのじゃない?」

彼女の手に載っていたのは、確かに僕の青緑色の鍵だった。

「そうだよ、僕の!」

僕は彼女の手から鍵を引ったくった。それからすぐに乱暴すぎたと気付いて、お礼を言った。

「ありがとう。どこで見つけたの」

「えーと」一瞬ためらってから彼女は答えた。「さっきゴミ置き場のゴミ袋に入っているのを見つけたの」

「ゴミ袋……」

いつものゴミ漁りの最中に見つけたのだろう。剛竜寺に脅されてもゴミ漁りをやめないその執念にはある意味感心する。

それより問題はどうして僕の鍵がそんなところにあったかだ。もちろん僕は鍵をゴミ箱に捨てたりなんかしないし、間違ってゴミ箱に入ってしまうような状況にもなかった。

するとやっぱりクラスの連中が……。昼休みとかトイレ掃除とかで僕がいない隙を見計らって、鍵を教室のゴミ箱にでも捨てた。そのゴミ袋が教室掃除当番の手でゴミ置き場に運ばれ、今し方五味に発見された——そんなところか。

ちくしょう、僕が施設の子供だからって嫌がらせをしているのか。こんなことなら、迂闊に教室で鍵を取り出すべきではなかった。いや、それ以前に肌身離さず持っておくべきだったのだ。

思わず舌打ちが漏れる。五味がビクッとした。僕は慌ててフォローした。

「ごめん。とにかく拾ってくれて助かったよ。ずっと捜してたんだ」

そこで気付いた。

「あれ？　でも五味さんはどうしてこの鍵が僕のだと分かったの」

「だって施設でも時々大事そうに取り出して見てるでしょ」

そう言って五味は微笑(ほほえ)んだ。

僕はハッとした。彼女は新入りの僕のことを見ていてくれたんだ。よく考えたら僕の苗字だって知っていた。

それに引き換え、僕は彼女のことをほとんど知らなかったばかりか、剛竜寺に絡まれているのを見捨てさえした……。

自己嫌悪に駆られていると、五味が尋ねてきた。

「それって何の鍵？」

「ああ、自宅の……昔の家の鍵」

「言いたくなければ答えなくていいけど、家族は？」

「死んだ。交通事故で」

「そっか。思い出の鍵なんだね」

「うん」

僕はそれを握り締めた。取り壊される前の自宅の姿が、温かかった家庭が脳裏に蘇る。

鍵をポケットにしまうと、彼女を誘った。

「良かったら船まで一緒に帰らない？」

何となく彼女と話をしてみたい気分になったのだ。彼女はささくれた前髪の裏でちょっと眉を上げた後、それを柔らかく下げて言った。

「うん、いいよ」

施設のクルーザーは小学生の下校時間、中学生の下校時間の二回に合わせて漁港に来て、該当児童が全員戻ってくるまで待ってから、島へと運ぶシステムになっている。

門限が決まっているのと同じだから、必然的に部活動や寄り道はできない。部活動くらいなら施設の職員に相談すれば何とかしてくれるかもしれないけど、そもそも施設の子供が部活動で上手くやっていけるとは思えない。実際、施設の中学生でクラブに入っているのはゼロ人だ。小学生の方は時間割の一コマとして部活動があるらしいけど。

潮風が香る田舎道を、五味と並んで歩いた。

僕は気になっていたことを尋ねてみた。

「五味さんは何で学校のゴミ袋を漁ってるの。あ、これも言いたくなければ答えなくていいけど」

ところが五味はむしろ得意気に答えた。

「知らないの？　アルミ缶集めてリサイクル業者に渡したらお金もらえるんだよ。ペットボトルは全然儲からないけど、アルミ缶はいいよ、一キロ百円くらいもらえる」

そんなホームレスみたいなこと……と思ったが、口には出さないでおいた。と思ったら見透かされていた。

「今ホームレスみたいって思ったでしょ」

「いや、そんなこと……」

「いいよ、実際その通りだから。私は物心付く前にお母さんが死んで、お父さん一人に育てられた。でもお父さんは貧乏でね。一緒に過ごした最後の三年間は二人でホームレスやってた。子連れホームレス」

親子でホームレス？　そんなことがあり得るのか。一瞬、ものすごく衝撃的な告白を聞いたような気がした。

でもよくよく考えてみると、僕の置かれた状況はそれ以上の悲惨さだ。僕はすでにそういう世界の住人になっている――そのことを改めて痛感した。

五味は話を続ける。

「その頃は毎朝一緒に町内のゴミを漁ってアルミ缶を集めてた。ゴミ収集車や他のホームレスに先を越されないよう、真っ暗なうちからテントを出発するの。アルミ缶を集めて回ってる最中に朝日が昇り始めてね、そしたらお父さんが口癖のようにこう言い始めるわけ」

彼女は父親の声真似を始めた。それは曲の間奏に挿入される長い台詞（せりふ）のように、独特のリズムを持っていた。

「朝美（あさみ）、ほらご覧。朝日だ。綺麗だなあ。お母さんがお前を産み落とすのを待っている間、病院の窓から見た朝焼けも、同じくらい綺麗だった。その時、お前の名前が決まったんだ。『朝』が『美』しいと書いて『朝美』ってね。朝美、朝美、朝美、あの朝日を目に焼き付けるんだ。そして心に刻むんだ。明けない夜はない。どんな人間にも等しく朝はやってくるんだって」

彼女は自嘲めいた笑みを浮かべると、地声に戻った。

「陳腐な言葉だよね。結局、お父さんに朝はやってこなかった。貧しいまま病気で死んで、私は施設に引き取られた。でもあの頃は毎日が大変だったけど——楽しかったなあ」

彼女は遠い目をした。

「そうか、それで今でもアルミ缶集めを……」

そんな話を聞かされてしまっては、もう馬鹿にすることなんてできなかった。

「今日は何本集まったの」

僕は彼女の制鞄を見ながら尋ねた。その中に今日の戦利品を入れているのではないかと思ったからだ。でも彼女はこう答えた。

「いや、今日は鍵を早く網走くんに返してあげようと思って飛び出してきたから、集める暇がなかったの」

「あ、わざわざ僕のために——何かごめん。もしアレだったら今から急いで戻って集める？　手伝うけど」

「そんなことしたら網走くんもいじめられるよー」

彼女はケラケラと笑った。鍵を捨てられている時点で、すでにいじめられている気もするけど。

「気にしないで、網走くん。明日また、ちょちょっと集めればいいだけの話だから」

「そう？　だったら――」

「あ！」

彼女は突然叫ぶと、しゃがみ込んだ。再び立ち上がった彼女の右手にはコーヒーの空き缶が握られていた。

「ラッキー」

と五味は歯を見せた。

「良かったね。でもそれどうするの。持って帰るの」

「いや、途中のリサイクル工場に預けていく。島に住んでる私が一キロ集まるまで管理するのは大変だから、業者の人にかけ合って一時的に置くスペースを確保してもらってるんだ」

「すごい交渉力だね」僕は素直に感心した。「集めたお金は何に使うの」

「そりゃ貯金よ。児童養護施設は基本、十八歳になったら出ないといけないからね。その後ちゃんと生活していけるように、今から貯めてるの。施設しかない孤島に住んでるから新聞配達のバイトとかもできないし」

そうか、僕はまだ入ったばかりでそこまで考える余裕がなかったが、いずれは施設も出なければならないんだ。ちゃんと将来のことを考えている五味が、途端に偉大な人物に見えてきた。

「私、夢があるんだ。将来はファッションデザイナーになりたいの。そのためにも頑張らなくちゃね」

そう話す五味の目は輝いていた。前髪で顔が隠れていて分かりづらいけど、意外と表情豊かなのだと気付いた。

その日以降、僕はちょくちょく彼女と会話するようになった。両親の死で追い詰められた僕にとって彼女が――何だろう――言い方はおかしいかもしれないけど――救いの女神？　そういうものになってくれるかもしれないと思ったこともあった。

それがまさかあんなことになるなんて……。

＊

記憶の断片の三つ目は……正直思い出したくない。彼女が意識不明になった時のことだ。

五味と話すようになってからしばらく経った土曜日、僕は孤島での休日を過ごしていた。

嵐が近付いているということで、西の空が暗くなり始めていた。

僕は施設から毎月支給されるというお小遣いの千円札を、施設内の自動販売機に入れた。

そして缶コーラを選択。飲み終わると、アルミ缶をきれいに洗い、五味の部屋に向かった。わずかな足しにしかならないけど、彼女にプレゼントしようと思ったのだ。

二階にある彼女の個室をノックした。するとドアが少しだけ向こう側に動いた。

彼女が開けてくれた——という感じじゃない。

わずかに開いていたドアがノックの衝撃で動いたという感じだ。

変だなと思った僕は、つい女子の部屋だということを忘れて、ドアを押し開けてしまった。

「——」

思わず空き缶を取り落とした。それは床の上を転がり、別のアルミ缶に当たった。

別のアルミ缶——そう、室内にはすでにアルミ缶が転がっていた。それも一本じゃなく、十本くらい。

五味が収集したものじゃないのは明白だ。

だってそれらの缶からは中身が迸(ほとばし)り、部屋中を色とりどりに染めていたからだ。薄汚い茶色が、毒々しい緑が、血のような赤が、壁紙を、ベッドのシーツを、床の上に散乱した衣類を塗り潰している。

一体何が……。

呆然(ぼうぜん)としていると、床に置かれた一枚のメモ用紙が視界に飛び込んできた。

それにはこう書かれていた。

「ゴミ収集がんばって！」

筆跡を隠すためだろう、定規で引いたような字だった。それでも誰の仕業かすぐに分かった。

剛竜寺たちだ。

あいつらが五味のアルミ缶収集に目を付けて嫌がらせをしたのだ。

僕は自分の鍵が盗まれた時と同じくらいの怒りに囚われて、廊下に飛び出した。

「剛、竜、寺ッ！」

剛竜寺の個室は一階にある。僕は足を踏み鳴らして階段を下りた。

その時、勝手口のガラス戸の外に、五味の後ろ姿が見えた。

彼女は北の森に向かって走っていく。

森？　もうすぐ嵐が来そうだって時に、森に何の用が？

いや、ちょっと待て。

森を抜けた先には確か海に面した崖があった……。

まさか五味さん、いじめを苦に自殺するつもりなんじゃ！

マズい、剛竜寺の前に彼女を追わないと！

慌てて勝手口を出ると、ちょうど彼女の姿が森の中に消えていくところだった。僕は後を追った。

林道を駆け抜けていると、木々がざわめき始めた。嵐が来たのだ。

間に合ってくれ。そう念じながら走り続けた。

森を抜けた。

彼女は？

いた！

崖の上だ！

彼女は崖の突端に立っていた。風が強い。彼女のボサボサ髪が横になびいている。

「五味さん！」

呼びかけると、彼女は驚いたように振り返った。

「網走くん、どうしてこんなところに」

「それはこっちの台詞だよ。五味さんこそどうしてそんな崖っぷちに立ってるんだよ。まるで――」

飛び降り自殺でもするみたいじゃん、という軽口は喉の奥でせき止められた。今の彼女は実際そういうことをしそうな雰囲気があった。

五味はしばらくの沈黙の後、ゆっくりと語り出した。

「この前、網走くんの鍵を拾ってあげたでしょ。あれ、剛竜寺たちの仕業だったみたい」

犯人はクラスの連中じゃなくて剛竜寺たちだったのか。

そういえばあの日は午後に体育があり、直前の休み時間は更衣室に行って着替えていた。剛竜寺たちはその隙に教室に忍び込んで鍵をゴミ箱に捨てたのかもしれない。

クラスの連中が僕を笑っていたのは、僕が必死で何かを捜している姿を単に面白がっていただけの話か。

剛竜寺たちがそんなことをした理由は聞かなくても分かる。新入りに対する嫌がらせって奴だろう。どこまで陰険な奴らなんだ。

「それを私が網走くんに返したのが、剛竜寺の気に障ったみたいでね……殴られた。顔は目立って施設の人にバレるからって、お腹を何度も何度も。その後——いや、やめよう。言葉にしても不愉快になるだけだからね、お互い」

僕のために五味が……。言葉を失った。

「もうずーーーーーっとこんな生活が続いててね。正直、疲れちゃった。だから全部終わりにしようかと思って」

そう言って、五味は崖の下をちょっと覗いた。

まさか本当に飛び降りるつもりなのか。何としてでも阻止しなければ。

僕はいざという時に手を伸ばせるよう、じりじりと彼女に近付きながら、説得の言葉を並べた。

「けど君は将来ファッションデザイナーになりたいって言って、お金を貯めてたじゃん。空き缶を集めてさ。僕もさっき一本プレゼントしようと君の部屋に行って――」

そこで彼女の部屋の惨状を思い出して言葉に詰まった。

「酷かったでしょ。でもいつものことだよ」

彼女は自嘲してから続けた。

「空き缶もね、儲かるみたいなこと言ったけど、実は嘘」

「嘘？」

「うん、本当はお父さんのこと思い出したら元気になれるかなって思って集めてただけなんだよね。儀式的に。アルミ缶何キロ集めても、お金は全然貯まらない。ファッションデザイナーどころか、将来自活できるかどうかも……」

そんな無価値なものをいそいそとプレゼントしようとしていた自分がひどく馬鹿げた存在に思えた。

「網走くん、私たちはきっと一生幸せになれないんだよ」

その言葉が僕の胸に深々と突き刺さった。僕たちは一生幸せになれない――本当にそうなのだろうか。だったら何のために生きるのか。

人生という名の本の最終ページをうっかり覗き見てしまったような空恐ろしさに囚われた僕は、彼女を救おうというより、むしろ彼女に救いを求めるように呼びかけた。

「五味さん……」

「私はもう疲れちゃった。デザイン帳も一冊盗まれちゃったし。だから死ぬことにしたの」

「ちょっと待って」

「バイバイ」

そう言って彼女は僕に背中を向けた。

「五味さん、ダメだ！」

僕はその背中に向かって手を伸ばした。

数瞬後——。

彼女の姿は消えていた。

僕は急いで崖の下を見た。

彼女の肉体は十メートルほど下の岩場に投げ出されていた。手足が壊れたマリオネットのようにねじれている。その上に細かい雨粒が降り注ぎ始めたが、彼女はぴくりとも動かない。死んでいるのは確実と思えた。

僕は施設に戻り、廊下を歩いていた三十歳ぐらいの女性職員を捕まえた。

「大変です、五味さんが……」

すると職員はキョトンとした。次にその口から発せられたのは衝撃的な言葉だった。

「ゴミさん？　ああ、イツミさんのことね」

「え、イツミ――？」

一瞬何を言っているのか理解できず、脳がフリーズした。

ようやく理解できた瞬間、耳の穴から針を刺し込まれたような耳鳴りがして、平衡感覚を失った。平らな床のはずなのに、急斜面に立っているように感じる。僕は必死に踏ん張りながら尋ねた。

「もしかして彼女の苗字は『ゴミ』じゃなくて『イツミ』と読むんですか」

「そうよ、五味（いつみ）朝美ちゃん。珍しい読み方よね。ところで彼女がどうしたって。ねえ。おーい。ちょっと大丈夫？　……」

職員の声がどんどん遠くなっていく。

僕が彼女の苗字をゴミだと決め込んでいたのは、その読み方が一般的であることに加え、剛竜寺トリオがそう呼んでいたからだ。だけど彼らは――そう、邪悪ないじめっ子である彼らは「ゴミ漁り」と「五味朝美」をかけて蔑称で呼んでいただけだったのだ。

僕は一体何回彼女をゴミと呼んだ？

最初にそう呼んだ時、彼女は泣き笑いのような顔をした。あの時、気付くべきだったんだ。でも最後の最後まで気付かないまま――。

取り返しの付かないことをしてしまった。僕は深い後悔の底の底に沈んだ。

ところが――ところがである。

ここで奇跡が起きた。

僕の案内で現場に急行した職員が、五味の側に屈み込んでこう叫んだのだ。

「まだ息があるわ！」

「本当ですか！」

僕も駆け寄り、五味の体を揺すった。

「五味さん、起きて、目を覚ましてよ！」

「動かしちゃダメだ」同行していた施設長が僕を引き剝がす。「とにかく急いで病院に連れていかないと」

五味はクルーザーで病院に搬送され、幸運にも一命を取り留めた。でも不幸にも意識は戻らなかった。そして一度も目を覚まさないまま現在に至る。

僕は彼女が死ななかったことにひとまず安心した。それからすぐに激しい怒りが湧き上がってきた。

剛竜寺たちが彼女をゴミなんて呼んでいじめるからこんなことになったのだ。絶対に許さない。剛竜寺たち三人を殺さなければならない。五味の見舞いに行くのはその後だ。

こうして僕はこの殺人計画を立てたのだった。

そして今、あの日と同じような嵐が到来し、大人たちの邪魔が入らない閉鎖空間を作り出してくれた。風は僕の方に吹いている。

正体不明の殺人鬼の動きが気になるけど、負けるわけにはいかない。必ずやり遂げる。

＊

荒れ狂う海を筏一つで漂流する夢から覚めると、僕は自室のベッドで寝ていた。

カーテンの外ではまだ嵐が続いている。風が窓を揺らす音のせいで、そんな夢を見たのだろう。

どうやら殺害計画を練り直している間に眠ってしまったみたいだ。本当は昨夜のうちにターゲット全員を殺し終えるのがベストだっただろうけど、不測の事態に混乱していたから仕方ない、と自分を慰める。

それに正直、悩んでもいた。本当に彼らを殺していいのだろうか。

いや、今更何を言っているんだ。僕はもう引き返せないところまで来ているじゃないか。

もうやるしかない。

「やるぞ——殺るぞ、殺るぞ、殺るぞ」

決意を口にしながら、繰り返しベッドを殴り付ける。

その時突然、目覚まし時計のアラームが鳴り始めた。少し驚いたが、そういえば午前六時にアラームをセットしておいたことを思い出した。

学校がある日でもこんなに早く起きることはない。ましてや今日は土曜日だ。それなのにアラームをセットしておいたのは、朝食の準備をしなければならないからだ。

普段は職員が食事を作っているけど、今は嵐で島に戻れない。そこで年長組が食事の準備をするよう、電話で指示があった。

年長組全員でジャンケンをした結果、僕が今日の朝食の当番になった。もう一人の当番は、入所者最年長である十七歳の最上秀一だ。

朝食を作る気分ではまったくないけど、サボると変に目立って、後で剛竜寺の死体が見つかった時に疑われそうなので、やるしかない。

僕は仕方なくベッドから下りた。昨夜レインコートの下に着ていたパジャマを脱ぎ、人前に出られる室内着に着替える。タオルと歯磨きセットを持って自室を出た。

この施設の建物は十字形になっている。年長組の個室がある北棟、年少組の集団部屋がある東棟、職員関連の部屋が多い南棟、共用設備の西棟、この四つが玄関ホールで連結されている。（巻頭図参照）

僕の部屋は北棟二階だ。

隣は五味の部屋。飛び降り以降、施錠されて誰も入れないようになっている。閉ざされたドアを見るたび心が乱される。

首を振ってモヤモヤを吹き飛ばした。とりあえず今は朝の支度をしよう。

自室の斜め向かいにある洗面所は最近クモが出るので、北棟一階の洗面所を使うことにした。

一階に下りると、剛竜寺の部屋のドアが嫌でも目に飛び込んできた。僕は昨夜あそこに入り、剛竜寺の死体を発見したのだ。あの光景が夢でなかったことを確認するために、もう一度部屋を覗きたい誘惑に駆られる。

が、ぐっと堪えた。もしドアを開けるところを目撃されたらどうする。剛竜寺が朝食に起きてこなかったら、誰かが様子を見に行くだろう。そいつに死体を発見させればいい。

そう判断した僕はドアから目を逸らして、洗面所に入った。

洗面所の奥には二つのドアがあり、それぞれ男子トイレと女子トイレに繋がっている。僕は流し台の前に立ち、水道の蛇口を捻ろうとした。その時、排水口にドロドロの泥がわずかに付いていることに気付いた。

何でこんなところに泥が？

不思議に思っていると、男子トイレのドアが開いた。

僕は何気なくそちらを向いて驚いた。出てきたのが女子の鏡宮美羅だったからだ。彼女も僕を見て目を丸くしている。

「鏡宮先輩、そこ、男子トイレ」

「ごめーん、寝ぼけてて間違えちゃったー」

彼女はあくびをしながら、今度は女子トイレの方に入っていった。のんびりした彼女らしいミスだなと納得して、僕は蛇口を捻った。水が排水口の泥をきれいさっぱり洗い流す。それで僕も泥のことなんかどうでもよくなった。

顔を洗い終わり歯を磨き始めたところで、鏡宮が女子トイレから出てきた。彼女は僕の背後を通り過ぎて廊下に出ていく。

歯磨きを終えた僕は、タオルと歯磨きセットを自室に置きに戻った。それから玄関ホールに向かった。

玄関ホールは、北西から南東に走る分厚いガラスによって二分割されている。二階のホールも同じ位置にガラスがある。

実はこれ、防火扉なんだそうだ。

昔、台所でボヤがあったらしい。その時、施設長はこう考えた。もし台所から出火しても、せめて子供たちの部屋には延焼しないようにしようと。

それでこの防火扉だ。透明なガラス製にしたのは景観の問題と、逃げ遅れた子供に気付きやすくするためだとか。

僕は防火扉を開けて、西棟一階に入った。

すると台所の方から、男子が言い争うような声が聞こえてきた。

どうしたんだろうと思って台所を覗くと、二人の男子が向かい合っていた。眼鏡の男子が気弱そうに目を逸らしているのに対し、太った男子は弛んだ眉間に皺を寄せて相手を睨み付けている。前者がもう一人の朝食当番である最上秀一、後者が十四歳の飯盛大だ。

今でこそパッと分かるけど、施設に入所したばかりの頃はみんなの顔と名前がなかなか一致しなくて苦労した。そこで僕は彼らの名前を語呂合わせで覚えることにした。最年長だから「最上」、いつもご飯を大盛りにしてもらっているデブだから「飯盛大」という具合だ。

都合良く覚えやすい名前で助かったが、すべてが偶然ではないと思っている。というのも僕は言霊というか、名前が持つ霊力のようなものを信じているからだ。名前は一生で最も多く自分に向けられる言葉だ。するとその語感に影響されて、人格の方も変わっていくということが充分あり得るんじゃないか。

最上がこの施設最年長の入所者になったのは、さすがに偶然としか言いようがない。だけど飯盛の親は、息子が「大」きく育ってほしいという思いを込めて「大」という名前を付けた可能性がある。そういう親なら息子にたくさんご飯を食べさせてきただろう。また「飯盛」という苗字を周囲がネタにすることも、本人の大食い気質を加速させたかもしれない。言霊の力とはそういったことである。

その考えでいくと、僕の網走一人という氏名は随分意味深に思えてくる。殺人がバレて逮捕され、網走刑務所で一人朽ち果てていく――そんな未来が脳裏をよぎる。しかもこの氏名にはもう一つ呪縛があるのだ。

いや、そんなことばかり考えていても埒が明かない。今は前に進むしかないんだ。まずは目の前の出来事を処理しよう。

「二人ともどうしたんですか」

僕は二人のちょうど中間に向かって質問を投げた。そこで二人は初めて僕に気付いたようにこちらを向いた。

「あ、網走くん、おはよう。じ、実は飯盛くんが――」

最上がつっかえながら説明しようとするのを遮って、飯盛がまくし立てた。

「ちょっと食パンを盗み食いしていただけだって。俺の体を動かすには人一倍エネルギーが要るからな。たったそれだけのことなのに最上の奴、ネチネチと絡んできやがって……」

それでステンレスの調理台の上に、開いた食パンの袋が出ているのか。

「何も付けずに食べてたんですか、食パンだけ？」

つい興味本位の質問をしてしまった。最上は今はそんなこと関係ないだろうと呆れた表情をしたが、飯盛はなぜか得意顔で答えた。

「そう、素パン。意外とウメーんだぜ。網走も食べてみるか」

飯盛は食パンの袋を掴んで突き出してくる。

「いや、いいです」

僕は喉が詰まる錯覚を起こしながら辞退した。それから最上にすみませんと目で謝った。

最上は飯盛に向き直った。

「ネ、ネチネチなんてしてないよ。ぼ、僕はただ、みんなの食糧がなくなったら困るって言いたかっただけで——」

「は？　なくなるわけねーだろ！」

飯盛は最上の弁明を怒鳴り飛ばすと、調理台の下の戸棚を開けた。そこには未開封の食パンの袋がずらりと並んでいた。

「ここにあるパン、パン、パン！　一面のパンが目に入らないのかよ。その眼鏡はお飾りですか、最上センパイ」

飯盛は煽るようにセンパイの部分を強調した。最上はまた目を逸らし、

「そ、そりゃすぐに嵐が止んだらいいよ。で、でももし何日も嵐が止まずにずっとこの島に閉じ込められることになったら……」

殺人を計画している僕にとっては好都合だけど、その他の人間にとっては想像するだけで恐ろしい事態だろう。飯盛も青ざめた。

「……そんなことがあり得るのかよ」

「ま、万が一の話だよ、万が一」

「何だ、仮定の話かよ！　仮定の話で説教してんじゃねーよ！」

飯盛はホッとした反動か、一際大きい声を出した。そして大股で台所から出ていこうとしたが、そこで思い立ったように振り返り、最上にこんな言葉をぶつけた。

「売れ残りのくせに！」

最上の眼鏡の奥の瞳が光を失った。そのまま飯盛は立ち去った。

売れ残り――。

児童養護施設は原則、十八歳になったら退所して自立しなければならない。その前に里親が見つかることも多いけど、最上は不幸にもこれまで引き取り手が現れなかった。引っ込み思案な性格がマイナスに働いたのかもしれない。高校でもイジメに遭って退学したという。

だから彼は今、本土に行くことはなく、ずっと島に引きこもっている。施設の職員は彼に自信を与えるため、子供たちを取りまとめるリーダーの役目を与えた。真面目な彼は役目を果たすため奮闘しているけど、一部の子供たちからは「売れ残り」と舐められ、かえって重圧になってしまっているのが現状である――これもおしゃべり好きの鏡宮が教えてくれたことだ。

「最上先輩、大丈夫ですか」

おずおずと声をかけてから、大丈夫ですかなんて言い回しが余計に彼を傷付けるんじゃないかと後悔した。最上は眼鏡を外し、レンズに付いたフケをふっと吹き飛ばしてから、かけ直した。

「だ、大丈夫って何がだい。さあさあ、網走くん、朝の労働だよ。みんなに朝ご飯を作ってあげよう」

明らかに作った声で痛々しかったが、僕は気付かないふりで、そうですねと答えた。

さて、朝ご飯を作るといっても、僕も最上も特に料理が得意なわけではない。仮に得意だったとしても、これだけの大人数にちゃんとした朝食を用意するのは至難の業である。だから僕たちにできることはひたすらトーストを焼いていくことだけだ。さっきの戸棚に入っていた食パンを次から次へと業務用のトースターにぶち込んでいく。バター？　ジャム？　回していくから勝手に塗ってくれ。飲み物？　知らん、セルフサービスだ。

そんなノリでガチャガチャやっていると、二人の十四歳女子が台所に入ってきた。鏡宮美羅と足原鈴（あしはらすず）だ。

「おはよーよー、美羅ちゃんだよ」

朝っぱらからハイテンションな鏡宮に対し、足原はいつも通りクールだ。

「何か手伝えることは？」

「ちょ、ちょうど良かった。食器棚からお皿を出して、並べていってほしいんだ」

最上がそう頼むと、鏡宮は敬礼をして言った。

「アイアイサー」

足原も無言で頷く。さっきのことがあったので僕はホッとした。この二人は最上を馬鹿にしない。

鏡宮美羅はいつも芝居がかったような明るさを振りまいているけど、僕の言霊理論通り、鏡にあるこだわりを持っているというか、異常な反応を示すというか、とにかくまあ不思議な少女である。最初は戸惑ったが、今ではもう慣れてしまった。

足原鈴は内気そうな外見とは裏腹に、体を鍛えるのが趣味のようで、よく島内をランニングしたり、自室で筋トレしたりしている。ひょっとしたらすごい体をしているのかもしれないけど、いつもふわっとしたパステルブルーのワンピースを着ているので真相は分からない。

筋トレが趣味の人って鍛えた体を見せるために露出の多い服を着たがる気がするけど、彼女がそうしないのは体のラインが出るのが恥ずかしいかららしい。だったら何で鍛えてるんだろう……。

語呂合わせをするなら、「足」や「腹」筋を鍛えているから「足原」といったところだろうか。

二人の協力もあって、台所に隣接する食堂にトーストなどを並べ終えることができた。

手分けして年少組を起こしてまわり、複数の食卓に分けて座らせる。

そうこうしているうちに、飯盛が最上と目を合わせないようにしながら戻ってきたり、十五歳の御坊長秋と妃極女、十三歳の探沢ジャーロが起きてきたりした。

だけど、もちろん剛竜寺は起きてこない。

早く彼の部屋を見に行きたいけど、目立ちたくないので自分からは言い出せない。年少組の喧噪に包まれながら黙々とトーストを食べていると、ゴボウのように痩せて背が高い御坊が代弁してくれた。

「あれ、そういえば剛竜寺の奴は？」

それを受けて妃――「よい子の島」の暴君の彼女だから妃――が言った。

「さすがに遅すぎだよね。御坊、お前ちょっと様子見てこいよ」

「は？　何で俺が……」

「お前が一番入り口に近い席に座ってるだろ。それともウチの言うことが聞けないっての？」

妃に逆らうことは剛竜寺に逆らうのと同じだ。御坊は渋々立ち上がった。

「……分かったよ」

御坊は食堂を出ていった。残りのメンバーは食事を再開したが、僕は向こうの様子が気になってトーストがろくに喉を通らない。

果たして——。

「うぁああああああ」

北棟の方から御坊の悲鳴が聞こえてきた。随分情けない声だったが、あの死体を目の当たりにしてしまっては無理もないと僕は同情した。

食堂の空気が固まった。年長組も年少組も互いの顔を見合わせてざわつく。その中で僕はさっと立ち上がり、様子を見に行こうと提案した——いや、提案するつもりだった。

でもそれより早く食堂を飛び出していく者がいた。探沢ジャーロだ。

「おい、何だってんだよ」

妃もそれに続いて走り出す。僕はすっかり出遅れた形で、二人の後を追った。

施設の廊下に複数の足音が響き渡る。

北棟一階の廊下に辿り着いた。剛竜寺の部屋の前では御坊がへたり込み、開け放たれたドアの奥を指差していた。

「ほら、あれ、あれ、あれ……っ」

その側で立ち尽くす探沢と妃も同じ方向を見つめていた。僕は彼らの側に立ち、部屋を覗き込んだ。

カーテンの隙間から湿った朝日が忍び込む室内で、剛竜寺の死体は昨夜のままだった。回転椅子に腰かけ、胸を包丁でめった刺しにされている。床には血溜まり、血の足跡、血まみれの犯行道具。そして死体の左目には金柑。金柑、金柑、金柑！

僕の隣でゆらりと人影が動いた。妃だ。彼女はふらふらと室内に入っていき、死体の胸から突き出た包丁の柄に手を伸ばす。その時――。

「触るな！」

鋭い声が僕の心臓を貫いた。妃もびくんと動きを止めた。

声を上げたのは探沢だった。彼は右手を前に出してこう言った。

「これは殺人事件だ。手袋もなしに凶器に触っちゃいけない」

彼は年長組の中では僕や五味と並んで最年少で、体も最も小さく、入所歴も僕に次ぐ新参なんだけど、今の言動にはなぜか有無を言わさぬ迫力と威厳があった。

探沢ジャーロは、イタリア人男性の探偵と、日本人女性の助手の間に生まれたハーフだ。「探偵」といっても素行調査などをする探偵ではなく、推理小説に出てくる名探偵の方。実際に警察の捜査に協力などもしていたらしい。ジャーロも幼い頃からその父の手解きを受け、探偵技術を培ってきた。ところが世界を股にかける殺人鬼に両親を殺され、この施設に預けられた。

……というのが本人談なんだけど、その割にはどう見ても純粋な日本人顔なのが気になる。本人は母親の血が濃かったと説明しているけど、僕は話半分に聞いている。施設の入所児童は悲惨な家庭環境を隠したがったり、現実逃避したりするために、嘘をつくことも多いからだ。でもその気持ちは痛いほどよく分かるので、深く追及しないようにしている。一応語呂合わせをするなら、まず苗字に入っている「探」の一文字が目に付く。また本人によると、ジャーロはイタリア語で黄色という意味だけど、昔イタリアでミステリー小説が黄表紙のペーパーバックで刊行されたことから、ミステリーというジャンルそのものを指す言葉にもなっているそうだ（日本にも同名のミステリー文芸誌があるらしいけど僕は知らない）。だから氏名だけを見れば、確かに探偵の宿命を背負っていると言える。

その探沢ジャーロのオーラによって、包丁に触るのをやめた妃だったが、代わりに探沢に食ってかかった。

「何が殺人事件だよ。ガキが探偵ごっこしてる場合じゃねーんだぞ。まだ助かるかもしれないだろうが」

「残念だが、どう見ても死んでいる。まあ念のため確認するがな」

探沢は刑事がするような白手袋を嵌めながら死体の方に歩いていくと、左手首の脈を取った。そして無慈悲に宣告した。

「うん、死んでいる」

そんなことは妃も薄々分かっていたのだろう。それ以上食い下がったりせず、両手で顔を覆って泣き始めた。

「そんな……翔クン……翔クン！」

僕が戸口でそれを見ていると、背後から声をかけられた。

「な、何かあったのかい」

振り返ると、廊下の角に最上と飯盛が立っていた。僕は事実を伝えかけたが、年少組に聞かれたら良くないんじゃないかと思い直し、まずその点を確認した。

「小さい子たちは?」

「あ、ああ。鏡宮さんと足原さんが機転を利かせて食堂に引き留めておいてくれているよ。その、何か変なことがあったらマズいからね。で、剛竜寺くんは……?」

「実は――包丁で刺されて死んでいるんです」

「嘘だろ!」

何かあったとは勘付いていても、さすがに殺人は予想外だったようで、二人は血相を変えて駆け寄ってきた。そして二人仲良く戸口で立ち竦むことになった。仲の悪い者同士でも、この死体を前にしては同じ反応をするしかないだろう。

＊

僕たちは携帯電話を持っていないので、本土の職員にこのことを知らせるには職員室の固定電話を使うしかない。

探沢は死体を前にテキパキと指示を出す。

「最上は職員室に行って、本土の職員に連絡を。それからこの部屋を撮影するためのカメラと、封鎖するためのマスターキーも持ってきてくれ。その間に俺はこの部屋を調べておく」

妃に対してもそうだったが、探沢は目上の人に敬語を使わない。逆に最上の方が目下みたいにおどおどしている。

「し、調べるって……そんなこと警察に任せた方がいいんじゃ」

「この嵐だと当分職員も警察も島には来られないだろう。今のうちに犯人を突き止められるなら、それに越したことはない。だが俺一人で捜査すると証拠隠滅したんじゃないかと疑われる恐れがあるな」

探沢は視線をさまよわせた後、僕の顔の上で止めた。

「網走。捜査の間、俺が変なことをしないか見張っていてくれ」

突然の指名に驚いた。どうして僕なんだろう。

まさか――僕を疑っているのだろうか。昨夜僕がこの部屋に入るのを目撃したとかで、二人きりになってからそれを追及するつもりとか。

いや、さすがに考えすぎか。どの道、僕も一度ゆっくり現場を調べてみたいと思っていたところ。いい機会じゃないか。

ということで僕は頷いた。

すると妃がヒステリックに割って入ってきた。

「何勝手に話を進めてんだよ。お前ら二人が共犯かもしれないだろ。ウチもこの部屋に残る」

「好きにしろ。それじゃ最上、頼んだぞ」

「わ、分かったよ」

年下の子供にすっかり主導権を握られてしまった「リーダー」は渋々頷くと、廊下を戻っていった。御坊と飯盛も死体の側にいたくなかったのか、最上に付いていく。

彼らが行ってしまうと、探沢は早速動き始めた。

「さて、一番気になるのはやはりこの金柑だな」

そう言うなり、僕が怖くて動かすことができなかった金柑を、まったく躊躇することなく引き抜いてしまった。ぬちゃりと血の糸を引いて、半分に切った金柑が出てきた。

やっぱり皮が目の上に載っていただけじゃなかった。犯人は眼球をくり抜いた後、半分に切った金柑を切断面を奥にする形で押し込んだのだ。

背後で、ひゅっと息を吸い込む音がした。振り返ると、妃がゆっくりと倒れていくところだった。

憎むべき相手なのに、僕は反射的に抱き留めてしまった。

妃は意識を失っているようだ。目の前で行われたことがよっぽどショックだったのだろう。気持ちはよく分かる。平然とそれをやる探沢がおかしい。

「眼窩の奥には何もなし……と」

視線を戻すと、探沢が金柑を死体の目に嵌め直したところだった。僕は彼の指示を仰いだ。

「どうしよう、妃先輩が気絶しちゃった」

「これで静かに捜査ができるな」

探沢は見向きもしない。僕は妃を支えたまま途方に暮れた。

「とりあえずベッドに寝かせていい？」

「いや、それはダメだ。現場を乱すことになるからな。部屋の外にでも放り出しておけ」

さすがに可哀想だと思ったが、よく考えたら妃は剛竜寺の彼女。五味をゴミと呼んでいたクズにして、僕の殺害対象である。丁重に扱う義理はどこにもない。僕は彼女を廊下に引きずり出すと、上体を壁にもたせかける形で座らせた。

そのまま部屋に戻ろうとすると、妃が目を閉じたまま、うわごとのように剛竜寺の名前を呼んだ。

安心しろ、御坊を殺した後、お前も剛竜寺の元に送ってやるからな。

僕は心の中でそう呟きながら、探沢のところに戻った。一方、探沢は声に出して呟きながら、死体を調べている。

「死亡推定時刻は……今の俺の技術では分からないか」

僕が死体を発見したのは午前四時くらいだから、それ以前に殺されたことは間違いない。

もちろんそんなこと口が裂けても言えないけど。

そうだ、せっかく二人きりになったんだから、気になっていたことを聞いてみよう。

「そういえば探沢くんさ、どうして僕を見張りに選んだの」

探沢は振り返らずに答える。

「誰でも良かったんだが、強いて言うならお前が一番落ち着いて見えたからな」

しまった、もう少し取り乱さないと不自然だったか？　でも今更取り乱し始めるわけにもいかない。

僕は動揺を隠すために言い返した。

「探沢くんこそ随分落ち着いているじゃないか。探偵だから死体は慣れっこってわけ？」

すると突然、探沢が振り返った。その表情は怒りに満ちていた。

「死体に慣れるとか言うな！」

あまりの剣幕に驚いた僕は、理由も分からないまま謝った。

「ごめん」

探沢は顔を背けた。

「……怒鳴って悪かった。だが死体に慣れるということは、それだけ犠牲者を増やしてしまったということだ。探偵が誇っていいことじゃないのさ」

探沢は悲しそうな目で俯いている。過去の犠牲者のことを思い出しているのかもしれない。中でも、殺人鬼に殺されたという両親のことを。

「なるほど、そういうことか。よく分かったよ。もう言わない」

僕がそう言うと、探沢は感謝するように頷いた。

彼に対する理解が深まったような気がしたが、よく考えたら彼の経歴はすべて作り話かもしれないのだ。その場合、僕は茶番に付き合わされただけということになる。真相は藪（やぶ）の中だ。

「今回はこれ以上の犠牲者を出さないようにしないとな」

「探沢くんは、犯人がまた誰かを殺すと考えているの」

「可能性はある。この殺し方、普通の怨恨殺人というより、快楽殺人を連想させる。そういうケースは往々にして連続殺人に発展するんだ」

僕とまったく同意見だ。殺人鬼がこれ以上の犯行を重ねる前に、僕は自分のターゲットを殺さなければならない。探沢の捜査に協力して殺人鬼の正体に近付くことは、僕にとってプラスになる。

そんな計算をしていると、探沢が声を上げた。

「おっと、これを見てくれ」

探沢が窓際の床を指差している。僕も彼の隣に立って床を見下ろした。

「ここだけ泥の足跡になっているだろう」

床にはあちこちに血の足跡が付いているけど、窓際の数個だけが彼の言う通り泥の足跡になっているのだ。そのうちの一つは、椅子と窓の間に落ちている血まみれのレインコートを踏んでいた。昨夜の僕はこんなところを歩いていないので、僕が付けた足跡じゃない。

「泥まみれの靴で歩いたってことか」

「ああ、おそらくこの体育館シューズだろう」

ウチの中学校の体育館シューズが窓際に落ちていた。足の甲の部分には剛竜寺の自筆だろうか、フェルトペンで「GO竜寺」と名前が書かれている。

昨夜は泥の足跡や体育館シューズには気付かなかったが、暗かったり混乱していたりで見落としたのだろう。

探沢が体育館シューズを拾い上げると、靴底は案の定泥まみれで、側面にも泥が跳ねた跡があった。また靴底の模様が泥の足跡と一致した。

「なぜ体育館シューズに泥が付着しているのか。そしてなぜ泥の足跡は窓際にしかないのか」

「それを履いて一度窓の外に出たとか……？」

「正解だ」

探沢は人差し指をピッと僕に向けた。それからカーテンを開け、クレセント錠を外し、窓を開けた。

窓の外では風が吹き荒れている。一方、雨は時折細かい飛沫（しぶき）が舞っている程度だ。

窓枠の真ん中辺りにも泥が付着していた。

「ここに足をかけて室内に戻ったんだろう」

探沢はそう指摘してから、窓の下を覗いた。僕もそうした。

湿った地面に二種類の足跡が残っていた。

一つは、右手数メートルのところに生えている金柑の木まで一往復する足跡だ。鮮明に残っているので、体育館シューズの底の模様と一致することが見て取れた。

もう一つは、左手にずっと続いていく足跡だ。こっちは片道一筋や往復二筋といったような綺麗なものではなく、まるで何往復もしたかのように無数の足跡がグチャグチャと折り重なっている。でも所々に単独で残っている足跡を見ると、剛竜寺の体育館シューズよりやや小さく、靴底の模様もまったく違う靴によって付けられたようだ。

昨夜十二時くらいまでは土砂降りだったが、それ以降はずっとパラパラ程度だったので、これらの足跡も洗い流されなかったんだろう。

「右手の足跡は、剛竜寺の体育館シューズを拝借して金柑をもぎに行ったということか？

だとしても妙だな。そして左手の足跡……これは一体何なんだ」

「外に出て調べてみる?」

「待て、その前に確認しておきたいことがある」

探沢はレインコートの側にしゃがみ込むと、それをめくり上げた。そして確信するように頷く。

「やはりおかしいぞ」

「おかしいって何が」

「これを見ろ」

彼はレインコートの裏面を指差した。そこには何か黒いものがへばり付いている。よく見るとそれは——。

「うわっ、潰れたゴキブリじゃん」

「そうだ。そのちょうど反対側——つまりレインコートの表面には体育館シューズの足跡が付いている。窓から左手に続く足跡は別の靴によるものだから、レインコートの足跡とは関係ない。だからこれは窓から右手——金柑を取りに行った帰り、窓から室内に戻って数歩歩いた時に踏ん付けたものと思われる」

「その時にたまたまゴキブリがレインコートの下にいたから潰されたってだけの話じゃないの」

「ゴキブリの死骸の半分が床にこびり付いていることを見ても、その解釈が正しいだろうな」

「じゃあ何が不満なわけ」

「死骸が付着している床が問題だ。見ろ、血溜まりじゃないか。それなのに血溜まりには踏んだ跡が残っていないんだ」

理解が追いつかなかった。

「えっと、つまりどういうこと」

「犯人はレインコートと血溜まりの間にいるゴキブリを踏ん付けた。レインコートには泥の足跡が付き、ゴキブリも潰されたが、血溜まりには踏んだ跡が残らなかった。つまりその時、血溜まりは乾き切っていたということになる。だがこれだけの量の血液なら乾き切るまでにかなりの時間を要するはずだ」

「じゃあ犯人が金柑を取りに行ったのは、殺害後かなり経ってからということになるね」

「そこだ」

探沢はまた人差し指を僕に向けた。癖なのだろう。

「おかしいと思わないか。こういう猟奇殺人者にとって、死体を装飾するアイテムは主役のはずだ。今回で言えば金柑だな。だが犯人はその主役をあらかじめ用意していなかったどころか、現場にたまたまあった体育館シューズを借りてまで、金柑を現地調達している。

そのことにまず違和感を抱いた」

さっき「妙だな」と言っていたのはそれが理由だったのか。

「それに加えて、犯人が金柑を取りに行ったのは殺害後かなり経ってからだという証拠まで出てきた。この行き当たりばったりな感じは何なのだ。金柑は犯人にとって主役ではなかったのか」

「剛竜寺の目に金柑を嵌め込んだのは計画外のことだった……？」

「だとしても、そんなことをする理由が分からない。まったくアルデンテな事件だよ」

唐突にスパゲティ用語が紛れ込んだ気がして、思わず聞き返した。

「え、アルデンテ？」

「歯応えのある事件という意味さ」

「ああ、なるほど……」

父親のイタリア語が移ったのか。それともそういう設定か。

「ん、何を変な顔をしているんだ」

「いや別に」

「ならいいが。とりあえず左手の足跡がどこまで続くのか調べに行くぞ」

僕たちは今靴下の状態なので、窓から出ることはできない。そこで玄関ホールに向かい、靴箱から靴を出して勝手口から出た。

傘は持って出なくて正解だった。とにかく雨より風がヤバい。絶えず半身にビニールを押し付けられているような強風だ。

例の金柑の木もざわざわと揺れている。何気なく木を見上げていくと、探沢の部屋の窓が見えた。探沢の部屋は剛竜寺の部屋の真上にあるのだ。

さて、そんなことより本題だ。

剛竜寺の部屋の窓から左手に続く足跡は、最上と足原の部屋の外を通過し、北棟の北面を回り込み、鏡宮の部屋の外を通過し、飯盛の部屋の窓下で途切れていた。足跡はこの間を何往復もしたかのように折り重なっている。

「スタートとゴールだけを見ると、剛竜寺くんの部屋の窓と飯盛くんの部屋の窓を往復しているように見えるけど。まさか飯盛くんが……」

「もし奴が犯人なら、こんな『自分がやりました』と言わんばかりの足跡を残すわけがないし、わざわざ何往復もする必要ない」

「まあ、それはそうか」

「だが一体どんな目的があれば、こんな何往復もすることになるんだ」

探沢の言葉に僕も考え込んでしまった。深夜に人知れず北棟の周りを何往復もする犯人の姿が脳裏に浮かぶ。その理解不能さに背筋が寒くなった。

いつまでも吹きさらしの屋外で考えていても埒が明かない。僕たちは一旦現場に戻ることにした。

室内をくまなく調べたが、体育館シューズ以外に泥の付いた靴は見当たらない。北棟の周りを何往復もした靴はどこに消えたのか。

探沢は靴の捜索を断念し、学習机を調べ始めた。僕が昨夜見た、ラバーマット表面の水の円は、乾いたのか跡形もなくなっていた。あれは何だったのだろうか。

そのことを考えていると、探沢が机の引き出しから、複数の錠剤が包装されたアルミシートを取り出した。僕は彼の肩越しに尋ねた。

「何の薬かな、それ」

「この名前は確か花粉症の薬だ」

「ああ、そういえば剛竜寺は花粉症にかかっているみたいだったね」

「今の季節、花粉がキツいからな。……ん、これは何だ」

探沢は乱雑に物が詰め込まれた引き出しの奥から、皺だらけの白い紙みたいなものを引っ張り出してきた。それは病院や薬局で薬を貰う時に入れてくれる袋で、「一日　回」という欄にボールペンで「5、6」と記入されていた。それ以外の欄は省略したのだろう、空欄だった。

薬袋の中身は空(から)だった。

「花粉症の薬が入っていた袋だろうね。医者が健康診断で島に来た時に貰ったんだろう」

僕は自然な考え方をしたつもりだったが、探沢は意外にもこれを否定した。

「いや、それにしてはおかしいと思わないか」

「え、おかしいって何が？」

「『一日5、6回』と書かれていることだよ。普通、錠剤は食前か食後に一日3回だろう。5、6回は多すぎるし、そもそも服薬回数がそんな曖昧でいいわけがない」

「言われてみたら確かに……」

「他に薬があるのか？」

探沢は引き出しを漁ったが、他の薬も薬袋も見つからなかった。

「ううむ、この事件、実に――」

「アルデンテ」

僕が先取りすると、探沢に睨み付けられた。どうやら自分で言いたかったらしい。

僕は慌てて話を逸らした。

「そういえば最上先輩たちの方はどうなってるだろう。ちゃんと職員と連絡が付いてればいいけど」

すると噂をすれば影。最上たちが戻ってきた。

「妃、大丈夫か」

飯盛が廊下の妃を揺り起こす。妃は跳ね起きると、探沢に詰め寄ってきた。

「お前、何考えてるんだよ。あんないきなり、目を――」

妃はその時の光景を思い出したのか言葉に詰まった。その隙に探沢は最上に尋ねた。

「最上、どうだった」

最上は死体の方を見ないようにしながら報告を始めた。

「い、言われた通り職員に電話したよ。当たり前だけど驚いていて、なかなか信じられないみたいだったけど、それでも警察に通報してくれるってことになって、それで職員室で折り返しの電話を待つことになったんだ。その電話がさっきあって……」

彼の説明は回りくどく、つっかえつっかえだったが、要約するとこういうことだった。

職員も警察も嵐が止むまで島には来られないから、それまで全員で食堂に固まっていろ。年少組にはこのことは知らせるな。

「年少組に知らせるなだと？　殺人鬼の脅威を伝えて警戒させた方がいいだろう」

「ショックが大きい子供もいるかもしれないし。パ、パニックでも起こされたら僕たちだけじゃ収拾が付かないし」

「さっきの御坊の悲鳴はどうするんだ」

御坊が面目なさそうに答えた。

「ゴキブリを見て驚いたって説明しといた。剛竜寺は風邪を引いて寝込んでいるから起こさないように、とも。まあどこまで隠せるかは怪しいけど……」

「ふん、まあいいさ。その子供たちは今どうしてるんだ」

その質問には最上が答える。

「まだ食堂に集まってるよ。鏡宮さんと足原さんにはこっそり事情を伝えてきた」

「そうか。じゃあとりあえず食堂に戻るか。カメラとマスターキーは持ってきたか」

最上は頷き、探沢にそれらを渡した。早速室内を撮影し始める探沢に対して、最上が尋ねる。

「そ、そっちの方は何か分かった？」

「いや、まだ大したことは分かっていない」

当たり前だろ、と聞こえよがしに飯盛が呟いたが、探沢は黙殺した。

撮影が終わると、探沢は全員を外に出し、マスターキーでドアに鍵をかけた。

入所者の部屋はすべて内側から施錠できるけど、外からはマスターキーでしか施錠できないようになっている。そしてマスターキーはこれ一本しか存在しない。探沢はそれを自分の上着のポケットにしまった。

みんなで食堂に移動すると、年少組は全員トーストを食べ終わっていた。理由も説明されず食堂に待機させられている彼らは、さぞ騒いだり暴れたりしているだろう……と思っていたら、そうでもなかった。

子供たちの輪の中心にいるのは足原だった。彼女は食堂の中央で、二人の男子を相手に、両手で腕相撲をしていた。どっちも体力自慢の腕白小僧だけど、いつも鍛えている年上のお姉さんには勝てず、あっさり手の甲をテーブルに押し付けられていた。

観戦していた子供たちが囃し立てる。

「さすが筋トレ星人、つっよ！」

「重り着けてこれだからな！」

重りというのは、足原がいつも両手首に着けている黒いリストウェイトのことだ。彼女はドラゴンボールみたいに重りを着けて生活したら修行になると信じているようだ。

鏡宮は食堂の入り口付近に座り、足原に拍手を送っていた。最上は鏡宮の側に行って囁きかけた。

「盛り上がってるね。この分だったら小さい子たちも、もう少し食堂に留まっていてくれるかな」

「うーん、でも見てください。馬田くんは腕相撲に興味をなくしてウロウロしているし、鹿野くんは部屋に帰りたそうに食堂の出口をチラチラ見ています。他にも何人か」

鏡宮の言う通り、確かに腕相撲の輪から外れている子供が数人いるようだ。よく見ている、と僕は思った。

三十人の子供がずっと食堂に固まっているなんて、初めから無理な話なのだろう。部屋に帰りたがる子供が現れるのも時間の問題かもしれない。

もっとも、その方が僕にとっては好都合だ。次のターゲットである御坊を殺すためには、各自が単独行動できる環境が必要なのだから。

「足原さんも頑張ってくれてるけど、いつまで保つか」

心配そうに眉を寄せる鏡宮に対して、最上が言った。

「よ、よし、僕が何とかするよ」

「えー、最上先輩が？」

「一応、リ、リーダーだからね」

大丈夫かしらという顔をしている鏡宮を尻目に、最上はまず馬田と鹿野の方に歩いていった。そして不自然な猫撫で声で言った。

「君たちは腕相撲に飽きたのかな。もしそうだったら僕とジャンケンでもしようか」

ジャンケンって。何の捻りもないジャンケンなんて腕相撲よりよっぽど退屈だろ。

当然、二人の男子も乗ってこない。

「は？　何で最上とジャンケンしないといけないんだよ」

「早く部屋に戻って漫画読みたいんだけど」

「ま、まあそんなこと言わずにさ。僕に勝ったら豪華賞品をあげるぞ」

「豪華賞品って？」

「え、えーと、それは」

考えてなかったのかよ。

ハラハラしながら成り行きを見守っていると、探沢が耳打ちしてきた。

「今から年長組の一人一人に事情聴取していこうと思う。だが一対一だと相手が犯人だったら危ないし、向こうも警戒するだろう」

「分かった、僕も立ち会えばいい？」

「感謝する」

＊

僕たちは年少組に気付かれないよう、まず鏡宮を西棟二階の談話室に呼び出した。テーブルを囲む形でソファが置かれている。鏡宮には僕と探沢の向かいに座ってもらった。

「さて、あんたを呼び出したのは――」

探沢の説明を遮る形で、鏡宮が尋ねてきた。

「ねえねえ、剛竜寺が殺されたってホント？」

探沢は嫌そうな顔をしてから、渋々答えた。

「ああ、本当だ。包丁で胸をめった刺しにされた上、左目を抉り出され、代わりに金柑を嵌め込まれていた」

「金柑！　随分猟奇的だねー」

いつも通りのゆるふわな口調からは、まるで緊迫感が感じられない。同じ口調で彼女は続けた。

「そんな残酷な殺し方をするなんて、犯人はよほど剛竜寺を恨んでいたのかな。あ、もしかしたら五味さんの復讐とか？　あの子が自殺を図ったのって多分、剛竜寺たちのいじめが原因でしょ」

僕は俯いた。

探沢も悔しそうな声を出す。

「ああ、俺がいじめを止めることができていたら……」

彼の中では、いじめの解決も探偵の仕事になっているのだろうか。

探沢は冷静な口調に戻って、

「だがそれが動機かどうかは分からない。というのも、あの一件と金柑の間に関連性が見えないからだ」

「確かに復讐っていうより快楽殺人に見えるねー」

「それであんたに聞きたいんだ。昨夜から今朝にかけての行動をできるだけ詳しく話してくれ」

「えーっ、私を疑っているの」

「あんただけじゃない。俺たち年長組全員が重要容疑者だ。何せ現場がこんな孤島だからな。職員たちは全員出払っている。年少組は肉体的にも精神的にも無理だろうし、集団部屋で寝ていることを考えても除外していいだろう。だから俺たちが一番怪しいのさ」

「確かに小っちゃい子供たちには無理だと思うけど……でも外部の人間が島に忍び込んでいる可能性は？　ほら、剛竜寺、暴力団組長の息子だから、そっち関係の報復とかさ。残酷な殺し方とかいかにもヤクザっぽい感じ」

「凶器の包丁は台所から持ち出されたものだった。それ以外の遺留品もすべて施設の物品。外部犯が犯行道具を用意もせず現地調達すると思うか」

「うーん、そっか」

「まあ俺たちの中に犯人がいないならそれに越したことはない。それを確認するためにも、昨夜の全員の行動を明らかにしておきたいのさ」

「うん、分かった。えっとねー、昨日はこの談話室で最上先輩と御坊先輩とトランプの大富豪をやってから寝たんだよ」

「珍しいメンバーだな」

「えー、そうかな」

「誰が言い出したんだ」

「私ー。たまたま談話室に三人揃ってたからね。あ、でも誰でもいいってわけじゃないよ。例えば剛竜寺とかはＮＧ」

「まあ、そうだろうな。で、何時から何時までやってたんだ」

「十一時から一時くらいかなあ」

いつもは十二時が消灯時間だ。昨夜は職員がいないということで少し羽目を外したのだろう。

「その後は？」

「北棟一階の洗面所に歯を磨きに行ったら、足原さんも磨きに来て。洗面所でちょっとしゃべったんだ。あ、そうそう、その時ちょっと変なことがあってねー」

「変なこと？」

「うん。私が今まで最上先輩と御坊先輩と大富豪してたって言ったら、足原さん、びっくりした顔でうがいのコップを取り落としちゃって。もしかして足原さんも大富豪したかったのかな。誘ってあげればよかった」

そんなくだらない理由じゃなくて、何か事件と関係あるんじゃないだろうか。

探沢もそう考えたらしく、ぐっと身を乗り出した。

「他に不審な言動はなかったか」

「いやー、それ以外は普通だったな。どれくらいやってたのかとか、誰が勝ったのかとか聞かれたくらいで」

探沢は納得行かない表情をしていたが、とりあえず今は話を進めることにしたようだ。

「歯を磨き終わった後はどうした」

「当然、自室に戻って寝たよ」

「夜の間、何か不審な物音は聞かなかったか」

「うん、自室に帰ったらすぐ寝ちゃったから。起きている間も何も聞こえなかった。ほら、この建物ってやたら防音性いいでしょ。情緒不安定な子供が騒いでも、他の子供にストレスを与えないようにっていう配慮だと思うんだけど。そういうわけで何も知りません。お力になれずごめんなさい」

鏡宮はぺらぺらしゃべってから、思い出したように言った。

「あ、そうだ、呪羅(じゅら)ちゃんにも聞いてみたらどうかな。まだ事件のことは話してないから、探沢くんの方から説明してもらう必要があるけど」

「あ、ああ、そうだな」

探沢は捜査開始以来、初めてたじろいだように見えた。

「じゃあ呪羅ちゃん呼ぶからちょっと待っててね」

鏡宮はポケットからコンパクトを出して開いた。そして鏡を見ながらいつもの呪文を唱え始めた。

「鏡よ鏡。世界で一番美しいのは誰」

すると見る見るうちに鏡宮の顔付きが変わっていく。眉が吊り上がり、目が挑発的な光を宿し、ふわふわした雰囲気がトゲトゲしいものに変貌する。

彼女――呪羅は呪文の問いに答えた。

「私よ」

鏡宮呪羅は美羅の第二の人格――というわけではない。彼女は鏡の世界に棲み、人間の希望を喰らうミラーデーモン。ある日、美羅の実家の姿見からこの世に現れ、美羅に取り憑いた。

ところが美羅には希望がなかった。継母に虐待されていたからだ。

「ウチには希望がなくてごめんね」

謝る美羅に対し、呪羅は言った。

「私があなたに希望を与えてあげる。その代わり今後ずっと私に餌を提供しなさい」

呪羅は美羅の継母に痛烈な逆襲をした。継母は社会的に失脚し、美羅はこの施設に預けられた。

でも美羅はもう一人きりではなかった。呪羅がいたから。

……というのが美羅の説明だ。施設の子供の自己紹介の例に漏れず、僕は話半分に聞いている。

彼女たちの「設定」はややこしく、僕もよくどうだったか分からなくなる。今までに彼女たちから聞いた話を整理すると、こんな感じになるだろうか。

・美羅が鏡を見ながら「鏡よ鏡。世界で一番美しいのは誰」と唱えると、美羅が鏡に入って呪羅が表に出る。
・呪羅が鏡を見ながら「鏡よ鏡。世界で一番不幸なのは誰」と唱えると、呪羅が鏡に入って美羅が表に出る。
・美羅の意識がある場合、表に出ている呪羅を呪文なしで強制交代させることができる。(宿主特権)
・美羅の意識がない場合、呪羅は彼女の体を自由に動かせる。
・二人は鏡面状のものを通じて、互いの姿を見たり、対話したりすることが可能。そうしない限り、鏡の中にいる者は現実世界の出来事を知覚できない。

今日はまだ鏡を使った対話をしていないので、呪羅は事件のことを知らないという設定らしい。だから探沢は改めて事件のことを説明しなきゃいけなかった。

「剛竜寺が殺された? ふん、自業自得ね。あれだけ恨まれることをやってきたんだから」

「お前も剛竜寺を恨んでいたのか？」

「恨む？　ミラーデーモンを人間と同列に語らないでちょうだい。私にとって人間は恨む対象ではなく、食べる対象でしかないわ。あなたたちも牛や豚を恨んだりしないでしょう」

「……そうか。それじゃ昨夜から今朝にかけての行動を教えてくれないか」

「鏡から出てないわ。それを証明できる人間は美羅も含めていないけど」

「美羅も証明できない？　ああ、そうか。彼女が寝ている間だったら気付かれずに出てこれるんだったか」

「そういうこと。他にご用件は？」

「いや、ない」

「そう。じゃあさようなら。こんな下らないことで二度と私を呼ばないでちょうだい」

呪羅はコンパクトを取り出して鏡を覗き込んだ。

「鏡よ鏡。世界で一番不幸なのは誰」

彼女の雰囲気がアイスが溶けるように柔らかくなる。美羅が現れ、よよよと泣き崩れた。

「私です……。私ほど可哀想な子はいないの……」

この変わり身の早さ、演技だとしたら大したものである。

僕と探沢が呆れていると、美羅は素に戻って言った。

「呪羅ちゃん、どうだったー？」

「何も知らないそうだ」

「良かったー。私が寝ている間に呪羅ちゃんが殺してたら、どうしようかと思った」

「呪羅が嘘をついている可能性は考えないのか？」

「私は信じたいけどなあ」

「ふん……。これで事情聴取は終わりだ。次、足原を呼んできてくれないか」

「コップを落としたことが気になってるんでしょ。でも後回しにした方がいいと思うな。足原さんいないと、子供たちを抑えられる気がしないし」

「確かにそれもそうだな。じゃあ代わりに妃を呼んできてくれ。ただし年少組には気付かれないように」

「りょーかい」

こんな感じで僕たちは年長組の事情聴取を進めていった。

みんな「自室でずっと寝てた」「何も聞いてない」ばかりで、あまり参考にならなかったが、中には印象に残る場面もあった。

例えば――。

＊

「剛竜寺が殺された理由に心当たりはあるか」

妃は目を擦りながら鼻声で答えた。

「ねーよ。あるわけないだろ。どうして翔クンが殺されなきゃいけないんだよ」

「本当にそう思っているのか」

探沢がしつこく追及すると、妃はテーブルをバンと叩いて立ち上がった。

「思ってるよ！　てめえらと違ってな。アレだろ、どうせ剛竜寺は殺されて当然の奴とか思ってるんだろ？」

うん、思ってる。

「お前らからしたらそうかもしれないけどな、ウチ目線ではいいところがたくさんあったんだよ」

「例えば？」

探沢は冷ややかに尋ねた。

妃は言葉に詰まる――かと思いきや即答した。

「強いところだよ！　ウチらみたいなガキには強いってことが絶対正義じゃないか！　翔

クンと一緒にいることでウチは守られてたんだ」

なるほど。僕は思わず納得してしまった。

妃は昔、ピアノの習い事ができるような裕福な家庭に暮らしていたが、火事で家族を失い、この施設に預けられたとか聞いた。天涯孤独の身になってしまった彼女にとって、剛竜寺はさぞ心強い存在に見えたんだろう。

でも結局の話――。

剛竜寺は弱いから殺されたんじゃないか？

そして妃。後ろ盾を失ったお前は僕に殺されるんだ。

僕は心の中で宣言しながら、しわくちゃになった妃の顔を見つめた。

＊

「何を怯えている？」

痩せた長身を震わせる御坊に、探沢が尋ねた。

「何をって……そりゃ怯えるだろ。あんな――あんなものを見ちまったら」

御坊は顔を歪めた。自分が第一発見者となった現場の惨状を思い出したのだろう。

「逆にお前らは怖くないのかよ。呑気に探偵ごっこなんかして」

まあ正論ではある。お前「ら」と一緒くたにされているのは心外だけど。

「俺は真実が分からない方が怖い」

探沢は即答した。カッコつけてるわけじゃなくて本心なんだろう。——いや、とっさに即答できるほどキャラを作り込んでるだけかもしれないけど。

御坊は鼻で笑った。

「そりゃ真実が分かればいいだろうけどね……。俺は怖いよ。次は自分が殺されるんじゃないか、あんな残酷な殺され方をするんじゃないかって」

「心当たりがあるのか」

探沢がストレートな質問をぶつけると、御坊は声を裏返した。

「あるわけないだろ！　俺は剛竜寺とは違う。あいつみたいに恨まれるようなことはしてないんだから……」

御坊は現実から目を背けるように俯いた。

現実は、今目の前に座っている僕に殺されることになるのだ。

探沢は質問を変えた。

「昨夜、この談話室で鏡宮と最上とトランプをやったらしいな」

御坊はのろのろと顔を上げた。

「……やったけど？」

「何時から何時の間だ」

「十一時から……一時くらいだったかな」

美羅の証言と一致する。

「その間、席を外した者はいなかったか」

「いなかったと思う――うん、いなかった」

「鏡宮の提案らしいが、あんたらはよく一緒にトランプとかするのか」

「まあ、いつもじゃないけど、たまには。鏡宮って人懐（ひとなつ）こいっていうか、話しかけてくるからこっちも話し返すっていうか。例の呪羅の話には付いていけないけど」

「トランプをしている間、彼女の様子に変わったところはなかったか。しきりに時計を見ていたとか、廊下の様子を気にしていたとか……」

「鏡宮を疑っているのか？」

「いや、俺は全員を疑っている」

「あ、そう」

御坊は呆れたように言ってから、不審な点はなかったと答えた。

*

「犯人は絶対最上だって」

飯盛が開口一番そう言うものだから、僕はびっくりしてしまった。

何か根拠があるのだろうか。それとも朝の言い争いを根に持っているだけか。

探沢は顔色一つ変えずに尋ねた。

「なぜだ」

「だってあいつ昨夜変なことしてたし」

どうやら根拠があるらしい。

「昨夜俺は夜更かしして、自室で携帯ゲーム機のネット対戦をやってた」

飯盛には母親がいるけど、仕事の都合で施設に預けられている。携帯ゲーム機はその母親に買ってもらったものだと以前自慢していた。

「大体零時から始めて三時半くらいまで起きてたかな。二時半頃、俺は自室のドアを開けた。職員室から受信している無線ＬＡＮがブチブチ切れるから、ドアを開けたら少しはマシになるんじゃないかと思って。ほら、雨の日は無線ＬＡＮが切れやすくなるって言うだろ」

ドアを開けた？　ひょっとして僕も目撃されてたりして？

一瞬焦ったが、よく考えたら僕が剛竜寺の部屋を訪れたのは四時くらいだからセーフ。

「イヤホン着けて対戦に夢中だったから、正直気付かなかったこともあると思う。でも三時頃、あることに気付いた。視界の片隅で、向かいの最上の部屋のドアが開いた気がしたんだ。それで廊下を見たら、今度は最上の部屋のドアが閉まっていくところだった」

「誰かが最上の部屋に入っていったということか？」

「いや、それならさすがに人影が視界に入るよ。だからドアは室内側から開けられて、またすぐに閉められたんだと思う」

「何のために……」

「俺も気になって、しばらく最上の部屋のドアを見てたんだけど、動きがないからゲーム画面に目を戻した。そしたら十分後にまた同じことが起きたんだ」

「同じこと——ドアが開いてまたすぐに閉まったということか？」

「ああ」

僕はある可能性に気付いて言った。

「もしかして、もしかしてだけど、最上先輩が犯人だったりして。剛竜寺先輩を殺しに行こうと自室のドアを開けたら、飯盛先輩の部屋のドアが開いてて目撃されそうになったから、慌てて戻った。十分後、もう大丈夫かなと思ってリトライしたけど、まだダメだった。そういうことだったんじゃないかな」

「網走もそう思うだろ？　実際この一分後、最上が部屋から出てきた。そして俺と目を合わさずに、剛竜寺の部屋の方に歩いていったんだ」

「ほら、痺れを切らして殺しに行ったんだって！」

僕と飯盛が盛り上がっている一方で、探沢は冷静だ。

「だが目撃されていることが分かっているのに、そんな危険を冒すか？　剛竜寺の部屋の方向にはトイレもある。単にトイレに行っただけじゃないのか」

するると飯盛の声が急に小さくなった。

「確かに一分くらいで戻ってきたけど」

「一分か……」

それを聞くと僕も自信がなくなってくる。

探沢は頷いて言った。

「そんな短時間で殺人と死体の装飾を行うのは不可能だ」

「いや、待てって、落ち着け――そうだ、そうだよ。確かに一分で犯行は不可能だ。でも後始末くらいはできる。多分、殺人自体はもっと早く終わってたんだよ。でも後でやり残したことを思い出して、慌てて証拠隠滅しに行ったところを、俺に目撃された。目撃されても一分くらいで戻ってきたらトイレだって言い訳できるし。これだな。間違いない」

飯盛の推理はとっさの思い付きみたいだけど、なかなか筋が通っていた。今度は探沢の声が小さくなる番だった。

「辻褄は合ってるが……」

『辻褄は合ってるが』じゃねーよ。これが正解だよ。だってそれ以外にドアを開けたり閉めたりする理由がどこにあるんだよ。犯人は最上で決まり。お前も探偵気取るなら、ちゃんとあいつを捕まえろよ」

「とりあえず話は聞いてみるさ。食堂に戻ったら、次は最上の番だと伝えてくれ」

＊

「ト、トランプが終わった後？　すぐ——すぐに寝たよ。だから何も、何も知らない」

つっかえながら答える最上を見ていると、やっぱり怪しく思えてくる。

探沢が追及する。

「夜中に部屋を出たりしなかったか」

「で、出てない出てない」

「トイレに立ったことも？」

「トイレ——ああ、トイレ。うん、そういえば一度だけトイレに立った。わ、忘れててごめん」

そこは認めるらしい。飯盛に目撃されたことを思い出したのだろう。

「本当に一度だけか？　それ以外に部屋を出入りしたことは？」

「ないよ、ない。どうしてそんなにこだわるんだい」

僕はだんだんもどかしくなってきて、つい横から口を出してしまった。

「部屋のドアを開けたり閉めたりしてたって飯盛先輩が——いてっ」

脛を蹴られた。隣に座っている探沢が蹴ったのだ。

「ど、どうしたの」

不思議そうに尋ねてくる最上に、探沢が答えた。

「何でもない。それより疑って済まなかった。疑うのが探偵の仕事でね」

「いや……」

「安心してくれ、これで事情聴取は終わりだ。次は足原に話を聞きたい。悪いが呼んできてくれないか」

「わ、分かった。もう腕相撲も終わってる頃だと思うよ」

最上は逃げるようにそそくさと談話室を出ていった。

ドアが閉まると、僕は探沢に抗議した。

「何でいきなり蹴ったんだ」

「目撃者の情報をべらべらしゃべるな」

「べらべらって言っても、飯盛先輩の部屋のドアが開いてたんだから、飯盛先輩に見られてたってことは最上先輩も知ってると思うけど」

「だとしても、どこまで見られていたかは把握できていなかったはずだ。もし最上が犯人で、ドアの開け閉めが重要な手がかりだったらどうする？　もっと詳しいことを思い出される前に、飯盛の口を封じようと思うかもしれない」

「あ、それは確かに――ごめん」

い、い、い、い、い、い、もしそんなことになったら大変だ。僕は深く反省した。

＊

「……あんたは一体何をしているんだ？」

僕がずっと気になっていたことを、ようやく探沢がツッコんでくれた。

足原が向かいのソファで仰向けになり、上体を起こしては寝かせ、起こしては寝かせを繰り返していた。

おかしい、僕たちは事情聴取をしていたんじゃなかったのか。

「何って、腹筋だけど」

足原は無表情で答える。答えながら腹筋を続けているのに、まったく呼吸が乱れていない。

「それは見たら分かる。俺が聞きたいのは、どうしてこの非常事態にそんな呑気なことをしていのかということだ」

「呑気？　犯人が襲ってきても撃退できるように鍛えておかないといけないでしょ」

「俺が犯人なら、あんたが筋トレで疲れ切ったところを狙うね」

足原は腹筋だけで跳ね起きると、探沢に向き直った。

「返り討ち」

探沢は本当にぶちのめされたように黙り込んでしまった。

足原は立ち上がり、今度はスクワットを始めた。やりながら尋ねてくる。

「それでどこまで話したっけ」

探沢は諦めたように首を振ってから、事情聴取を再開した。

「一時過ぎに洗面所で鏡宮と会った時のことだ。あんたは鏡宮が最上や御坊とトランプをしていたことを聞くと、驚いてコップを落としたそうじゃないか。なぜだ」

「そんなことあったかな」

足原は記憶を探るように遠い目をしてから言った。

「ああ、確かに落とした。あの時は突然手が痺れてね。多分、握力トレーニングをやりすぎたんだと思うけど。そんなこと初めてだったから、それで驚いた顔になったんだと思う」

探沢はじっと足原を見つめた。足原は黙々とスクワットをしている。嘘をついているかどうか、僕には判断できなかった。

「……まあ、いいだろう。逆にあんたから見て、鏡宮に不審な点はなかったか」

「不審な……私が洗面所に入った時、彼女は壁の鏡に向かって話しかけてた。呪羅、だっけ。でもそれは不審じゃなくて、いつものことよね」

＊

足原が出ていった後、僕と探沢は昨夜の行動を証言し合った。

僕の答えはもちろん「ずっと寝てたから何も知らない」だ。それは探沢も同じだった。

「それでこの後は？　年少組にも事情聴取するの？」

「そうしたいのは山々だが、事件のことを伏せたまま、どうやって質問していくべきか」

探沢が悩んでいる間に、僕は頭の中で昨夜の時系列をまとめた。

二十三時～一時　美羅・最上・御坊、談話室でトランプ
直後　美羅・足原、北棟一階の洗面所で会話
零時～三時半　飯盛、自室でゲーム
二時半　飯盛、自室のドアを開ける

三時　　　　最上の部屋のドアが開いてすぐ閉まる
三時十分　　同右
三時十一分　最上、廊下に出る
三時十二分　最上、自室に戻る
四時　　　　僕、剛竜寺の部屋で死体を発見

まず自分の目撃情報がなかったことに安心した。

一方で、殺人鬼を特定できる決め手がないのは歯痒（はがゆ）かった。最上が怪しいといえば怪しいけど……。

最上が殺人鬼。そう仮定して犯行シーンを想像してみた。

ダメだ。気弱な彼と残虐な殺し方がどうしても結び付かない。

でも人は見た目によらないともいう。内に溜め込んでいる分、キレたらヤバいのかも。

日頃から「売れ残り」と馬鹿にされている恨みが、一気に爆発したのかもしれない。

他の入所者はどうだ？　確かにこの施設には変な奴が多い。けど、さすがに「こいつなら死体の目をくり抜きそうだな」って奴はいない。

大体どんな奴なら死体の目をくり抜くって言うんだ。殺人鬼、お前はどうしてそんなことをした？

僕は理解できるはずもないその内面に思いを馳せた。

殺人鬼Xの過去

体育倉庫の床に、結界のような幾何学模様。

その上に、アーチェリーの弓と数本の矢。

傍らに一人の女が正座していた。漆黒のフード付きローブを纏い、数珠のネックレスと大きなイヤリングを着けている。

女はまず塩を一つまみ、弓矢に落とした。それから祝詞ともお経とも付かぬ奇妙な呪文を唱え始めた。

十分ほどそうしていただろうか。女はやにわに立ち上がり、呪文を唱えながら弓矢の周囲をぐるぐる回り始めた。時折、塩を弓矢に振りかける。

最後に女は手にしていた謎の棒で、思い切り弓矢を打ち据えた。

「喝！」

静寂が体育倉庫を支配した。

しばらくして女は振り返った。

「これにて悪霊は退散しました」

教頭はホッと一息ついた。

「助かりました。ウチの校長は迷信深くて、どうしてもお祓いをしてもらえと言って聞かず――」

そこで教頭は失言に気付き、慌てて言い繕った。

「いや、あなたのお力を疑っているわけではないのですが」

女はフードを脱ぐと、美しく微笑んだ。

「教頭先生もいろいろ大変ですわね」

女――幽子の内なるスタンスは教頭と同じだった。つまりオカルトをまったく信じていなかった。その手の知識は豊富なものの、いわゆる霊能力は皆無である。

にもかかわらず霊能者をやっているのは、ひとえに儲かるからだ。世の中、幽霊や妖怪といった怪異に悩む人々は存外多い。彼らの妄想を聞いてあげ、ちょっとそれらしい儀式を行うだけで、大金が舞い込んでくる。やめられない。

要するにインチキ霊能者だ。だが彼女に罪悪感はない。

宗教と同じで、信じている人々を癒やすという仕事をしているのだから、対価を受け取る権利はある――それが彼女の持論だった。

実際、地域における彼女の評判はそこそこ良かった。稼いだ金で、大きな和風の家に住むこともできている。庭には何と蔵まであるのだ。

その自宅に帰ると、幽子は引き取った弓矢をしまう場所を考えた。和風の蔵に洋弓は合わない気がする。そこで蔵の裏にあるプレハブ倉庫に放り込んだ。

そこに、まだ幼いＸがやってきた。

「お母さん、それ何ー？」

「近所の高校のアーチェリー部で、立て続けに死亡事故が起きたのよ。悪霊の仕業でね。だからお母さんがお祓いしてきたの」

「やっぱりお母さんはすごいんだね！」

Ｘは目を輝かせた。幽子は女手一つで育てている我が子が可愛くて仕方なかった。

それだけに、Ｘを騙していることには心が痛んだ。

元々、幽子は科学的思考を好む。怪異を信じている人を内心では馬鹿にしている。

それでも我が子に「怪異は実在する」という体で接しなければならなかったのは、「お母さんは実は怪異を信じていない」とうっかり外で話されたら商売あがったりだからだ。

このジレンマが後の悲劇を生むことになる。

＊

それはさておき、Xが小学二年生の秋のこと。

幽子が風邪で寝込んだ。

Xが枕元で覚束(おぼつか)ないながらも献身的な看病をしていると、幽子が言った。

「いつものアップルサイダーが飲みたい。冷蔵庫に入ってるから取ってきてくれない?」

Xは申し訳ない気持ちに襲われた。

「ごめん、昨日飲んじゃった……」

「あ、そうなの? じゃあ、しょうがないわね」

幽子はそう言ったが、少し悄然(しょうぜん)としているように見えた。それから二度、痛々しい咳をした。

Xはしばらく自分の間の悪さに打ちひしがれていたが、やがて決意した。

「駅前のスーパーにしか売ってない奴だよね。今から買ってくるよ」

「やめときなさい。もう六時じゃない。すぐ真っ暗になるわよ」

「ううん、行く」

「気にしなくていいから」

「行く」

押し問答の末、Xの主張が通った。Xはお金をがま口の財布に入れて、家を出た。

Xはまだ自転車に乗れなかったので、徒歩だ。駅前のスーパーは徒歩で往復三十分かかる。三十分は遅い。Xは一刻も早く母親にアップルサイダーを飲ませてあげようと思い、駆け出した。

空はまだ黒く塗り潰されておらず、夕焼けの赤をわずかに残した深紫色。全然暗くない、とXは思った。母親はすぐ子供扱いするが、自分はもう二年生なのだから楽勝だ。Xは得意になって走った。

駅前のスーパーでアップルサイダーの瓶を三本買い、ビニール袋の中のそれらをガチャガチャ言わせながら、家路を急いだ。しかし途中で、はたと足が止まった。

秋の日は釣瓶落とし。Xがスーパーに行って出てくるまでの間に、辺りはすっかり暗くなっていたのだ。駅前の繁華街は電飾が多くて気付かなかったのだが、住宅街に入ったことでそれが知覚できた。

Xは今や暗闇の中にいた。もちろん民家の明かりや街灯はあるのだが、子供のXにとっては何とも頼りないものだった。一人でこんな夜道を歩くのは初めてだ。昼に通る時には何でもない場所なのに、夜になるだけでここまで変貌するのか。

闇という闇に何かが潜んでいるような気がする。得体の知れない恐ろしい何かが――そういえば母親が昔、夜道に出る妖怪について言っていたではないか。それらの姿が漆黒の帳に映し出される。

例えば、前衛的なデザインの公民館が「見越し入道」となって見下ろしてくる。サンダルでちょっと表に出た老人の粘着質な足音が、執拗に尾行してくる「べとべとさん」のものに変わる。頭上でたなびく洗濯物は「一反木綿（いったんもめん）」で、曲がり角を一つ間違えて迷い込んだ袋小路は「ぬりかべ」。植木の枝が袖に引っかかった――「袖引小僧」だ！　どこからともなく聞こえる遠吠えはきっと「送り犬」のもので、仲間を集めてXを襲おうとしているのだ。

Xはとうとう恐怖で一歩も動けなくなった。

「お母さん……」

助けを求めるように呟く。

その時、思い出した。幽子が教えてくれたのは妖怪の種類だけではなかったことを。

「古くから伝わる護法――自分を護る方法を教えておくわ。終わりなく延々と続く言葉や図形には、悪いものの侵入を防ぐ効果があるの。だから夜道や怖い場所を歩く時は、この呪文を唱え続けて結界を張りなさい」

幽子は神妙な顔付きになると、不気味で難解な単語を並べ立て始めた。

「第一節は、数多の神話に語り継がれる黄金の果実。

第二節は……」

「えっと、よく分かんない」

Xが困惑していると、幽子はクスリと笑った。

「ごめんごめん。今のはちょっと格好いい言い方をしただけで、本当はもっと簡単な呪文なの。それはね……」

そして幽子は本当の呪文を教えてくれた。確かにそれならXでも覚えられるものだった。なお幽子がいつもお祓いの時に唱えている「祝詞ともお経とも付かぬ呪文」とは別である。

今こそそれを試すべき時だ。Xは呪文を唱え始めた。

詠唱を続けているうちに、Xの気分はどんどん軽くなり、むしろ楽しい気分にまでなってきた。周囲の暗闇から恐ろしい気配が消え、ただの暗い場所となった。さすがお母さんだ。Xは呪文を唱え続けながら、ずんずんと歩を進めた。

やがて自宅の明かりが見えてきた。Xは光の中に駆け込んだ。

玄関のドアを開けると、上（あが）り框（がまち）のところでなぜか幽子が待っていた。

「お母さん、寝てなきゃ……」

「なかなか帰ってこないから心配で起きてきたのよ。大丈夫だった？」

その優しい顔を見た瞬間、Xの両目から涙が零（こぼ）れ始めた。呪文のおかげで無視することができていたとはいえ、Xの中には少しずつ恐怖が蓄積しており、それが一気に爆発したのだった。Xは泣きながら幽子の胸に飛び込んだ。

「お母さん！」

Xは幽子が大好きだった。

＊

また、これはXが小学四年生の時のことであった。

Xが学校から帰宅すると、玄関のところで幽子と見知らぬ男が立ち話をしていた。胡麻塩頭と同色の無精髭を生やし、くたびれた薄茶の背広を着た初老男性で、よく見ると折れた眼鏡のつるをセロハンテープで補修している。

彼はXに気付くと、全身をビクッと痙攣させ、目と口を虚ろに開いた。つられてXの方も驚いてしまうほど過剰な反応だった。その口から魂が抜けるように掠れた声が漏れる。

「この子が……」

続けてXの名前が発音された。幽子は気まずそうに「そうよ」と答えた。

男はXを見下ろしながら、どういう表情を作るべきなのか決めかねているように顔のパーツをせわしなく動かしていた。Xは何となく居心地が悪くなって、助けを求めるように幽子の方を見た。

幽子は言った。

「お客さんよ。もうお帰りいただくから」

そして男にも告げた。

「さあ、もう子供も帰ってきたから」

男は溜め息をついてから、

「分かったよ。だが最後にもう一度言わせてくれ。もうこんな仕事はやめるんだ。今ちょうど大学の嘱託職員が一枠空いてるから、僕の口利きで……」

「遠慮させていただきます。何か見返りを求められそうだもの」

気取ったような、煽るような、美しいような——初めて聞く母親の声にＸは困惑した。

男は少し声のトーンを上げた。

「違う、そんなつもりで言ったんじゃない。僕は純粋に君のことを心配しているんだ。こんな仕事を続けていたら、いずれ怪異に痛い目に遭わされるぞ」

「あら、あなたが怪異実在派に転向したとは知りませんでした」

「僕の主義は何ら変わっていない。昔、何度も言っただろう。『怪異は人の心が生み出す。だから怖いんだ』って。この言葉を肝に銘じておきなさい」

「ご高説は学生になさったら？」

男は言葉を失ったようだった。幽子は目を閉じ、鼻をちょっと上げている。何やら心配してくれている様子なのにここまで邪険に扱わなくてもいいのではないだろうか——Ｘはおろおろと二人の顔を見比べた。

最終的に折れたのは男の方だった。

「分かった、今日のところは引き上げるよ」

「ご機嫌よう」

男はよれよれと片手を上げて、玄関の引き戸を出ていった。

しばらくしてから幽子は引き戸の鍵を閉めると、「さあさあ洗濯の続きをしなきゃ」とわざとらしい声で言いながら、廊下の奥へと進み始めた。Xは靴を脱いで家に上がると、その後を追いかけた。

「さっきの人は？」

はぐらかされるかと思ったが、意外と普通に教えてくれた。

「論田(ろんでん)教授。私が大学で民俗学を専攻していた時の研究室の先生」

「ロンドン教授？」

幽子はクスリと笑った。

「ロンデンね。論文の『論』に田んぼの『田』。まあ、ふざけてロンドン教授って呼ぶ学生もいたけど」

世の中にはそんな珍しい苗字の人がいるんだと思いながら、Xは次の質問をした。

「大学の教授が何の用だったの。何か霊能者やめろとか言ってたけど」

「年を取るとお節介になる。それだけの話よ」

幽子は洗濯機を覗き込みながら答えた。今度ははぐらかされたな、とXは感じた。

＊

翌日の放課後、Xが校門を出ると、昨日と同じ服装でぎこちない笑顔を浮かべた論田教授が待ち受けていた。彼は口を開けた後、言葉を絞り出すのに苦心するようにしばらく呻いてから、やっとのことで言った。

「――少し話したいことがあるんだ。ご馳走するから喫茶店にでも行かないか」

知らない人に付いていってはいけないという言葉がXの脳裏をよぎった。果たしてこの論田は知らない人の範疇に入るだろうか。

小考の末、「母親の知り合いで、昨日自分も会ったことがあるのだから知らない人ではない」と結論付けた。喫茶店というワードは子供心をいまいちくすぐらなかったが、幽子があのような態度を取る人物が何者なのかということに興味があった。

「いいですよ」

「ありがとう。じゃあ駅前にでも行こうか」

二人は一緒に歩き始めた。通学路にはもちろん他の児童も数多く歩いているため、Xは人目が気になった。もし知り合いに何をしているのか聞かれたら、どう答えようか。

一方、論田も距離感を摑みかねているようで、Xの隣に回り込んだかと思いきや、また先に立ってみたりしていた。

こうして、ぎくしゃくした二人は駅前の喫茶店に辿り着いた。壁が所々剝落した古びた喫茶店で、指紋がべたべた付いたガラスケースの中に、埃を被った食品サンプルが陳列されていた。特に食べたいものはなかったが、食べたくないものもなかった。

「ここでいいかい」

「はい」

二人は中に入った。喫茶店の主人と、一人客二人が、一斉にXたちの方を見てきた。ランドセルを背負った小学生と、初老男性。一体どのような関係なのかと訝しんでいるのは明白だった。

Xと論田は窓際の席に座った。論田がメニューを渡してくる。

「何でも好きなものを頼んでいいよ」

「えーと、じゃあメロンソーダでお願いします」

「お腹は空いてない？　ケーキを食べたっていいんだよ」

「じゃ、じゃあショートケーキで」

言われるがままに目に付いたものを選んだのだが、運ばれてきてから失敗したなと思った。これでは甘いものと甘いものではないか。論田が頼んだホットティーが羨ましかったが、さすがに交換してくれとは言い出せなかった。

　Xは憂鬱な思いでショートケーキを口に運びながら、論田が何か言い出すのを待っていたが、彼は砂糖とミルクを入れた紅茶を睨み付けながら掻き混ぜているだけで、一向に口を開こうとしなかった。そこでXから尋ねた。

「さっき話したいことがあるって言ってましたよね。何ですか」

「いや、何、話したいことというか……特段何かを話したかったわけじゃないんだ。話題は何でもよくて……だから『話したいことがある』じゃなくて『話したい』とストレートに言えばよかったのかな。つまり雑談というか……」

　歯切れが悪い。

「雑談、ですか」

「まあ、もし君が良かったら、の話だが……」

「別に構いませんけど」

　Xがそう言うと、論田は少し表情を明るくした。しかし何だってこの人はこんなにも自分と話したがっているのだろう。

　雑談の許可を出したにもかかわらず、論田は依然モジモジして何も発言しなかった。そこでやはりXの方から質問する形になった。

「昨日、お母さんに霊能者をやめろ的なこと言ってましたよね。あれは何でですか」

「ああ、そう、その件もあるな。君からもぜひ幽子さん――じゃなかった、お母さんを説得してほしいんだよ」

「それはちょっと……。だってお母さんはすごく優秀な霊能者で、依頼をしてきた人みんなから感謝されているんです。それにお母さんが教えてくれた護法は、夜道を歩く時とても役に立ちます。そんなお母さんが格好いいと思うし好きだから、霊能者をやめろなんて言えません」

「なるほど、君は『お化けはいる』と幽子――お母さんに教えられてきたんだね」

「論田さんはお化けを信じていないのですか」

「それは難しい質問だね」

論田は拳を口元に当てて少し考えてから言った。

「お化けはいると言えばいるし、いないと言えばいない。それが僕の考えだ」

「いると言えばいるし、いないと言えばいない……」まるでなぞなぞだ。「どういう意味ですか」

「お化けというものは人の心が生み出す。どんな心かというと、怯えや悲しみ、恨みといったマイナスの感情だ。つまりお化けには人間のマイナスの感情が濃縮されている。だから同じ人間が迂闊に触れると危険なんだ」

「危険……」

「そう、もしお母さんがこれからも霊能者を続けるなら、必ずやマイナスの感情に晒(さら)されて危険に陥ることがあるはずだ。そうなった時、お母さんを助けてやってほしい。せめてそれくらいはお願いしてもいいだろう？」

もちろんだ。Xは幽子が大好きなのだから。

「分かりました、お母さんを助けます」

「よーしよし、いい子だ」

このやりとりで舌が回るようになったのか、論田はいろいろ尋ねてくるようになった。質問の内容はすべて幽子かXに関することだった。

答えているうちに、Xの中にある考えが芽生えた。

「もしかして論田さんは……」

論田はハッとしたような顔をした。

「お母さんのことが好きなんですか」

ところがXがそう続けると、論田はキョトンとした後、破顔一笑した。

「お母さんのことが好きか。そうだな。確かに好きかもしれないな」

表情の変遷の意味には気付かず、Xはこう考えた。まさか論田は幽子の新しい夫の座を狙っているのだろうか――。

その発想にはどうしようもない異物感があった。今までずっと子と母の二人だけで暮らしてきたのに、今更第三者が入り込んでくるなど到底考えられないことだった。論田は悪い人間ではなさそうだが、それとこれとは別問題なのだ。幽子は論田を疎んじているようなので、今すぐどうこうということはないだろうが、今後も論田が自分たちの周りに現れるようなら、何か策を講じなければなるまい……。

追い詰められたXが頭脳を発熱させながら回転させていると、意識の外から論田の声が聞こえてきた。

「そろそろ出ようか」

「は、はい」

喫茶店の前で別れる時、論田はこう言った。

「今日会ったことはお母さんには内緒に……いや、どっちでもいいか。君に任せるよ」

「はい」

Xはそう答えながら、今日のことを話すと、幽子の論田に対する好感度は下がるのか上がるのかということを考えていた。普通は「昨日追い払ったばかりなのにまた子供に付きまとって」と思いそうなものだが、何かの間違いで「子供を大切にする人だ」などと思ってもらっては困る……。

「それからさっき言ったこと、よろしく頼む」

「え?」

「お母さんがお化けのマイナスの感情に傷付けられそうになった時、守ってあげてほしいという話だよ」

「ああ、分かりました」

他人に言われなくても、母親は自分が守る。

「それじゃ頼んだぞ」

論田は握手を求めてきた。Xはおずおずと応じた。固く、長い握手だった。

Xの小さい手をようやく解放すると、論田は駅の方に歩いていった。

その背中をXは警戒心の強い目で追い続けた。

最終的にXは論田を殺害することになる。しかしそれはまだまだ先――数年後の話である。

第二節は、人語を解する深き森の暗黒獣

「た、大変だ！」

僕と探沢が談話室で今後の相談をしていると、血相を変えた最上が飛び込んできた。

「馬田くんと鹿野くんがいなくなった」

馬田刃矢士(はやし)と鹿野加夢意(かむい)は、腕白な性格で気が合う九歳の男子だった。腕相撲やジャンケンに関心を示さず、食堂を出たがっていたあの二人がいなくなった？

「どういうことだ。ちゃんと食堂の出口を見張っていなかったのか」

探沢が四歳も年上の最上に対して叱り付けるような口調で言うので、冷や冷やした。でも最上はムッとした様子もなく、むしろオロオロと答えた。

「も、もちろん見張ってたよ。でもあの子たち、台所の窓からこっそり外に出たみたいで」

「窓！　確かに台所は食堂と繋がっているが、まさか窓から脱出するとはな。さすがは腕白小僧というところか」

遊び盛りの二人は理由も説明されず食堂に閉じ込められて、さぞフラストレーションが溜まっていたのだろう。

「自室には戻ってないんですか」

「集団部屋には二人ともいなかった」

「でも外は嵐なんじゃ」

「雨はほとんど止んで風だけだから、逆にテンションが上がって、遠くまで遊びに行っちゃったのかもしれない。ほら、子供ってそういうところあるじゃない」

「確かに台風の日とか逆に楽しくなってきますもんね」

僕と最上がそんなことをしゃべっていると、探沢が舌打ちをした。

「面倒だが、捜しに行かないわけにはいかないな」

「もう行ったよ」

「何だと？」

探沢は信じられないものを見るような目を最上に向けた。僕には探沢の気持ちがよく分かったが、最上は単に聞こえなかっただけだと勘違いしたらしく、馬鹿正直に繰り返した。

「もう捜しに行った。御坊くん、飯盛くん、鏡宮さん、足原さんが今、島内を捜索してくれている最中だ」

「おい、まさかとは思うが、その四人はバラバラに動いているんじゃないだろうな」

それでやっと最上も探沢の言いたいことが分かったようだ。後ろめたそうに俯いて、

「よ、四人で手分けして捜索に当たってもらっている……つまりそれはバラバラってことだけど」

チャンス！　僕は心の中でガッツポーズをした。

逆に探沢はイタリア語で悪態らしきものをついた。

「くそったれ（ストロンツォ）！　殺人事件があったばかりなのに、なぜ単独行動する。犯人の思う壺だぞ。どうして止めなかったんだ、最上。それともあんたが単独行動を提案したのか」

「い、いや、僕は二人一組で行動したらって言ったんだけど……」

「じゃあ誰だ。誰が最初に単独行動を言い出したんだ」

探沢は食い下がる。その人物こそ犯人だと疑っているのだろう。

「か、鏡宮さんだよ。二人一組の場合、相方が犯人だったら怖いって」

「馬鹿な。相方を殺したら自分が犯人だとバレるから殺せない」

探沢はまるでこの場に鏡宮がいるかのように反論した。最上が代弁する。

「それも言ったよ。そしたら鏡宮さん、それは探偵の論理であって被害者の論理じゃないって。犯人が捕まることを覚悟で相方を殺したら、その後でいくら犯人が捕まっても、被害者にとっては後の祭りだって」

「ふむ……」

思いのほか説得力のある意見に、探沢は黙り込んだ。

確かに鏡宮の考え方の方が自然な人間心理かもしれない。犯人かもしれない奴と二人一組で行動するくらいなら、単独行動をして、近付いてきた奴すべてを警戒する方が安心だってことか。

探沢が沈黙から復帰した。

「なら全員で行動すればいい。最上、あんたはリーダーとしてそう指示するべきだったんだ」

「ごめん、確かに軽率だったかもしれない」

最上は一旦は謝ったが、やっぱり納得が行かないという風に反論し始めた。

「で、でも、だったら馬田くんと鹿野くんはどうなるんだい。手分けして一刻も早く彼らを見つけないと、今度は彼らが犯人に狙われるかもしれないじゃないか」

「それは論理が逆だ。単独行動こそが犯人に犯行の機会を与える」

「それは僕たちの中に犯人がいる場合だろ。探沢くんはそう主張しているけど、どうも僕には信じられない。やっぱり外部から侵入した不審者が犯人なんじゃないか」

「信じたくないのは勝手だが、状況的に見て年長組の犯行である可能性が最も高いんだ。犠牲者が増えないと分からないのか」

探沢は最上をまっすぐ睨み付け、最上はその視線を屈折させるように右下を向いている。

いくら何でもヒートアップしすぎだ。見かねた僕は割って入った。

「今は言い争っている場合じゃないでしょう。探沢、犯人に犯行の機会を与えたくないなら、僕たちも捜索に出よう。もちろん二人一緒にね」

探沢は我に返ったように言った。

「ああ、そうだな。だが二人というのは？　最上にも来てもらった方がいいんじゃないか」

「いや、馬田くんと鹿野くんは自室にはいなかったらしいけど、この建物のどこかに隠れているという可能性はまだ残っているだろ。というわけで最上先輩はこの建物内を捜してもらえますか」

「わ、分かった」

これで監視の目を一人分減らすことに成功した。後は捜索中に何とかして探沢をまき、次のターゲット——御坊に遭遇できれば犯行機会を得られる。もっとも前者だけでも難しいかもしれないけど……。

だけど少しでも幸運が舞い込む確率を上げるために、できることはやっておく。僕は最上に尋ねた。

「四人の担当範囲は？」

「御坊くんが北側、飯盛くんが南側、鏡宮さんが東側、足原さんが西側……って言ってたかな」

よし、上手いこと探沢を誘導して、なるべく島の北側に近付いていくようにしよう。

僕たち三人は談話室を出た。

階段を下りて食堂を覗くと、妃が一人で年少組の相手をしているのが見えた。僕たちは彼女を戸口に呼び出して内緒話をした。

「そういえば、あんたは捜しに行かなかったんだな」

「当たり前だろ。翔クンが殺――」

そこで妃は年少組の耳を気にして表現を変えた。

「――あんなことがあった後で動き回る気になれるわけねーだろ。どこに犯人が潜んでいるかも分からないのに。ウチはずっとここにいるし」

僕は御坊の次に、妃を殺すつもりだ。この分では当分チャンスは巡ってきそうにないけど、それは御坊を殺してから考えよう。

「賢明な判断だ。子供たちは任せたぞ」

「ねーねー、何の話？」

姫島桐亜（きじまきりあ）という九歳の女子が割って入ってきた。昔の親が染めた金髪が伸びてきて生え際が黒くなった彼女は、プチ妃とでも言うべき強気な性格で、年少組の女子を牛耳っている。姫島桐亜と妃極女、氏名もどこか似ている。十五歳と九歳なので、見た目は全然違うけど。

「大人の話。あっちに行ってな」

妃は姫島をしっしっと追い払う。でもその仕草にはどこか優しさが見え隠れしていた。邪悪な不良少女でも自分の小型版には情が湧くらしい。

もっとも、そんな一面を見せられたからといって殺すのはやめないけど。妃たちが「ゴミ」と呼んでいじめたせいで、五味は生死の境を彷徨うことになったのだ。絶対に許さない。

僕たちは妃にそれぞれの役回りを告げてから、食堂を後にした。

「じゃあ最上先輩は建物内をよろしくお願いします」

「分かった。君たちも気を付けて」

*

玄関を出た瞬間、油断したら吹き飛ばされそうな圧力が全身にかかった。耳元で風が轟々(ごうごう)と唸る。空を見上げると、鼠色の重そうな雲がものすごいスピードで移動していた。

この島は今、大きなうねりの中にあるのだ。

なるほど、これじゃ馬田と鹿野のテンションが上がるのも無理はない。僕でさえ何だか楽しくなってきたくらいだ。よーし、張り切って殺すぞという感じ。僕もまだまだ子供だということだろうか。

台所の窓は玄関を出たところから見える。それを見て、あることに気付いた僕は、風に負けじと声を張った。

「あれ、そういえば馬田くんたち、靴はどうしたんだろう。食堂では靴下だったはずだけど」

探沢も怒鳴り返してくる。

「よく見てみろ。台所の窓の下から玄関まで外壁沿いに小さめの足跡が二組残っている。靴下で玄関まで歩いて、靴箱から靴を回収したんだろう」

「ええ、靴下が汚れるじゃん。そこまでして外で遊びたかったのかな」

「ガキの考えることは分からん」

自分だってそこまで年齢は変わらないのに、探沢はそう吐き捨てた。

玄関からは、馬田と鹿野や捜索隊が付けたと思われる複数の足跡が伸びていた。でもそれらは施設の前を横切る舗道のところで途切れており、足取りを追うことはできなかった。

「どこから捜す？」

「とりあえず東の浜辺に向かってみよう。いかにも子供が遊びに行きそうな場所だ」

探沢の提案で、僕たちは舗道を東に下りていった。吹き上げてくる向かい風に肩からぶつかっていくような姿勢で前進していく。

だけど御坊の捜索範囲は北側だ。どこかのタイミングで、北に舵(かじ)を切らせなければならない。

そう思いながら舗道を歩いていると、タイミング良く左手の森に分け入る獣道が見えてきた。この獣道を抜ければ島の北側に出られるし、上手く行けば森の中で探沢とはぐれたふりをすることもできるかもしれない。

僕は隣の探沢に声をかけた。

「思ったんだけどさ、東の浜辺みたいな分かりやすい場所は真っ先に捜してるんじゃないかな、東側担当の鏡宮先輩が。後からスタートした僕たちは、もっと後回しにされそうなところから捜していった方がいいのかも。例えば、この森の中とか」

探沢はまじまじと僕の顔を見た。しまった、誘導が露骨すぎて怪しまれたか。

でも結局、探沢は賛同した。

「分かった、そうしよう」

僕たちは獣道に入った。風は弱まったが、代わりに樹冠(じゅかん)が溜め込んだ雨粒に襲われるようになった。足元の状態もずっと悪い。黒光りするムカデがぬかるみを這っているのを見てゾッとする。

「おーい、馬田くーん」

「鹿野、いるか、いたら返事しろ」

二人で呼びかけながら濡れた森を進んでいく。でも返事はない。

そのうちにだんだん疲れてきて、呼ぶ頻度が減ってくる。探沢も同じみたいで、沈黙が重なった。

隣でフッという息遣いがしたので見ると、探沢が笑みを漏らしていた。

「なるほど、確かにその通りだな」

「え、何が？」

「鏡宮の言葉だ。それは探偵の論理であって被害者の論理じゃないという」

「ああ、やっぱり彼女を疑ってるの？」

「いや、確かに彼女は怪しいが、今はその話ではない。被害者にとっては殺されたら最後で、その後で犯人が捕まろうが関係ない……ハッとさせられたよ。俺は探偵の目線に慣れすぎて、被害者の目線を忘れていたのかもしれない」

両親を殺された（本人談）彼にとって、それは猛省すべきことなのかもしれない。僕は俯く彼を励ました。

「探沢くんも『死体に慣れるということは、それだけ犠牲者を増やしてしまったということだ』って怒ってただろ。その気持ちを忘れなければ大丈夫さ」

「そう言ってもらえるとありがたい」

探沢は顔を上げて数歩歩いた後、吹っ切れたように言った。

「実際、自分が同じ状況に置かれてみると、鏡宮の言葉の正しさがますます実感できたよ」

「えーと、どういう意味？」

「俺とお前が今、二人一組で行動しているということだ。すなわち、お前はいつでも俺を攻撃できる。お前が森を捜そうと言った時、俺が一瞬躊躇したのはそういうわけだ」

探沢は皮肉な笑みを浮かべていたが、冗談というより本心に近いだろう。僕も笑って応じた。

「殺さないよ」

こちらも本心だ。僕は無関係な人間は殺さない。そうでなくても探沢ジャーロを殺すのは厄介だろう。

「まあ、みすみすお前に殺される俺じゃないがな」

「頭が切れるからね」

「それだけじゃない。シチリアン・スチレットも嗜んでいる」

「シチリアン・スチレット？」

「シチリア島に伝わるナイフ術だ。幼い頃からみっちり父に仕込まれた」

物騒なことを言い出した。

「ナイフ？　今持ってるの？」

「さあ、どうかな」

「怖いなー。逆に僕を殺さないでよ」

「探偵は殺人を犯さない」

「そうなの？　探偵が犯人の推理小説ってないの？」

「……まあ、そこは信用してもらうしかない」

　忘れてはならないけど、この島には僕以外にもう一人、殺人者がいるのだ。しかもそいつは死体の目に金柑を嵌め込むような猟奇殺人鬼である。それが探沢でないという保証はない。

　意識し始めると怖くなってきた。

「ねえ、どっちかが前に出るとアレだからさ、これからは常に横並びで歩くことにしようよ」

「俺は最初からずっとそうしている」

「え？　あ、そういえば……」

　建物を出てからずっと、探沢は僕の隣をキープしてたっけ。最初から僕を警戒しながら、僕に配慮していたのか。気付かなかった。

「じゃあ僕もそのルールを守るよ」

僕たちは狭い獣道を横並びで歩いた。

「それにしても鏡宮先輩って、結構鋭いことも言ったりするのに、鏡関連のことになると途端におかしくなるよね。呪羅というミラーデーモンに取り憑かれてて、そいつと入れ替われるとか」

「これはあくまで俺の勝手な解釈だが、こういう環境では自分を守れないと、たちまちいじめの的になってしまう。鏡宮も入所したての頃、剛竜寺たちに目を付けられたが、呪羅が強気な態度を貫き通した結果、いじめられずに済んだらしい」

「呪羅は鏡宮先輩が自分を守るために作り出した盾だって言いたいの？」

「ああ。足原の筋トレも似たようなものだろう」

そして君の探偵行為も……と思ったが、口にはしなかった。

「五味さんはそういう盾が何もなかったから、いじめられて、身を投げなきゃいけなかったのかな」

「……さあな」

「ごめん、こんなこと話してる場合じゃなかったね。馬田くんと鹿野くんに呼びかけないと」

僕たちはまた二人の名前を呼びながら歩いた。

アクシデントは唐突に訪れた。

「あああっ」

濡れた落ち葉に足を滑らせ、情けない声を上げながら、急斜面を転落していく。僕ではない。探沢がだ。

彼の姿は斜面の茂みに飲み込まれて、たちまち見えなくなった。長く尾を引く悲鳴と、バキバキと枝が折れる音だけがしていたが、やがてそれも聞こえなくなった。

「おい、探沢くん、大丈夫か、おーい」

僕は必死に呼びかけた。すると遠い風の音に交じって、微かな声が聞こえてきた。

「足首を捻挫してしまったようだ」

トーンからして声を張り上げているみたいだけど、音量は小さい。かなり下まで落ちたようだ。

「大変だ。すぐ助けに行くよ」

「どうやって？　ここまで下りてくる道はなさそうだぞ」

道がないのか。急斜面を滑り降りたとしても戻れないだろうし……。

途方に暮れていると、探沢の声が言った。

「そうだ、施設に戻って長いロープを取ってきてくれないか。十メートルは欲しいな。それを下ろしてくれれば体に結び付けるから、複数人で引き上げてくれ」

「分かった。待ってて」

「迷惑をかけてすまない」

僕は来た道を戻りかけた――が、そこでハタと気付いた。

そうだ、この隙に御坊を見つけて殺せばいいのでは？　「時間がかかりすぎじゃないか」と探沢に疑われたら、「ロープを探すのに手間取った」と言い訳すればいい。もしなかなか御坊が見つからなかったら、その時は諦めてロープを取りに戻ればいいだけだし……。

勝算は充分ある。こんなチャンスを利用しない手はない。

僕は踵(きびす)を返すと、北上を再開した。

探沢くん、転落してくれてありがとう！　御坊を殺したら助けてやるから、それまでゆっくり待っててくれ！

＊

進行方向の違いを探沢に気付かれないよう、足音を殺して歩いた。

充分進んだところで、もう大丈夫だろうと思って走り出した。

でも、すぐに立ち止まることになった。

行く手に鏡宮の姿が見えたからだ。

そこだけポッカリと木がない森の中の広場のような場所――そこに彼女は立っていた。

上空から吹き込んだ風が、周囲の木をざわめかせ、溜まった雨粒を鏡の破片のように散らしながら、彼女の髪の毛を巻き上げている。それはどこか幻想的な光景だった。

僕は慌てて木陰に身を隠した。施設にロープを取りに戻っていたと後々証言するつもりなのに、北上しているところを見られたら台無しだ。

ここは大分、島の東側に近い場所なので、東側が捜索範囲の鏡宮がいるのはおかしくない。だけど森の中で一人立ち止まって何をしているのだろうか。

不審に思っていると、彼女がポケットからコンパクトを取り出した。そして鏡を見ながら例の呪文を唱え始めた。

「鏡よ鏡。世界で一番美しいのは誰」

彼女の表情が攻撃的なものに変わり、呪羅が現れた。

「私よ――って、どここ？　森の中？　何でこんなところにいるのよ」

呪羅はコンパクトミラーに問いかける。すると呪羅の口元は動いていないにもかかわらず、美羅の声がした。

「んーとね、馬田くんと鹿野くんが台所の窓から抜け出して遊びに行っちゃったの。それでみんなで手分けして島を捜しているのよ」

「で？」今度は呪羅の口元が動いた。「何で私を呼び出す必要があるの？　勝手に捜せばいいじゃない。せっかくいい気分で昼寝していたところだったのに」

一見、現実世界に出てきた呪羅が、鏡の世界に引っ込んだ美羅と会話しているかのようだ。もちろん超上手い腹話術という可能性もあるけど。

「ちょっと疲れちゃったから交代。呪羅ちゃんも捜すの手伝って」

「私に交代しても肉体的な疲れは回復しないけど」

「精神的な疲れもあるじゃん。昼寝して頭スッキリの呪羅ちゃんが捜したら、きっとすぐ見つかるよ」

「何でこの私がガキを捜さなきゃいけないのよ。お守りはあんた一人で充分」

「この島には殺人鬼が潜んでるんだよ。馬田くんと鹿野くんが殺されてもいいの」

「別に構わないけど」

「またまたー、そんなこと言っちゃって。呪羅ちゃんは優しいからきっと捜してくれるって信じてるよ。ちなみに私たちの捜索範囲は島の東側ね。それじゃ私はちょっくら昼寝するから後はよろしくー」

「ちょっと、待ちなさい。おいこら待てガキ」

美羅の返事はなかった。

これ全部一人芝居だったら痛いってレベルじゃねーぞ。そう思いながら見ていると、呪羅はコンパクトを閉じ、島の東側に出る道に向かっていく。

その途中で、何かに気付いたように呟いた。

「なるほど、あの子、そういう魂胆ってわけ」

あの子というのは美羅のことか？　だとすると、このタイミングで呪羅と入れ替わったことには何か企みがあるということだろうか。確かに精神的に捜し疲れたから交代してくれという理由には違和感があったけど……。

そう考えていると――。

突然、呪羅が鋭くこちらを振り向いた。

「誰！」

僕は慌てて顔を引っ込めた。

見つかった、かな。

彼女が動く気配はない。じっとこちらを見ているのかもしれない。

沈黙の時間が流れた。自分の心臓の音がバクバクとうるさかった。

果たして彼女は言った。

「邪悪なオーラを感じたと思ったけど気のせいか」

足音が遠ざかっていく。

それが完全に聞こえなくなるまで、僕はその場を動けなかった。

頬を伝うのは雨粒ではなく冷や汗だ。危なかった、もう少しで見つかるところだった。

僕は胸を撫で下ろす。

邪悪なオーラ。呪羅はそう言った。悪魔まで僕を邪悪だと断罪するっていうのか。

いや、今はそんなことどうだっていい。思わぬことで時間を食ってしまった。早く御坊を捜さないと。

僕は気を取り直すと、北側に出る道を進んだ。

＊

ようやく森を抜けると、切り立った崖の上に出た。

潮風が暴れている。目の前には荒れ狂う黒い海。島の北側はほとんどがこのような断崖絶壁になっている。

……五味が自殺しようとした崖の突端もすぐ近くだ。

自然とそっちに目が吸い寄せられると、その突端に人影があった。横風で転落しないよう重心を落として、崖下の岩場を覗いているようだ。あの細長い体型は——御坊だ！

やった、こんなにすぐ見つかるなんて。これで鏡宮に遭遇した分の遅れを取り戻すことができる。因縁の場所でターゲットが見つかったことに運命を感じる。僕は意気揚々と駆け出した。

僕が近付くと、御坊は露骨にビクッとした。

「網走か。どうしたんだ」

声に警戒心が滲んでいる。普通の人間の反応だ。さて、この警戒心をどうやって突破して殺害するか。

武器を調達するタイミングがなかったから仕方ないけど、僕は今丸腰だ。御坊がいくらヒョロガリといっても、施設で一番背が高いのは事実。中肉中背で格闘技経験もない僕が正面から素手で組み付いても、取り押さえられるのが関の山だろう。何とかして不意打ちしないと。

僕は話をしながら隙を窺う。

「最上先輩に話を聞いて、手伝いに来たんです。馬田くんと鹿野くんは見つかりましたか」

「いや、まだだ。まったくあの二人、どこに行ったんだか。海に落ちたりしてなきゃいいけど」

その言葉で僕は名案を思い付いた。

辺りを見回す。人目はない。よし、今ならやれる。

御坊を殺せる。

確かに剛竜寺の時は殺人鬼に先を越され、僕自身が手を汚すことはなかった。だけど昨夜、包丁を持って剛竜寺の部屋を訪れた時点で、とっくに覚悟は完了していたのだ。

僕は躊躇なく作戦を決行した。

「えっ、ちょっとあれ！」

あたかも馬田と鹿野を発見したかのように、崖の下を指差す。

「何だ、どこだ！」

御坊も血相を変えて崖の下を覗き込む。

僕は素早くその後ろに回り込み、御坊の尻を全力で蹴った。

「うえっ？」

御坊は変な声を上げると、あっさり落ちていった。

反動で尻餅をついていた僕は、立ち上がって崖の下を見た。

十メートルくらい下の岩場に、御坊の細長い体が伸びていた。奇しくも五味と同じ場所だった。

御坊は動かない。死んだのだろうか。でも同じところに落ちた五味も結局生きていた。油断は禁物だ。

僕は岩場へと通じる道を下りていった。

風に煽られて海に落ちたり、濡れた足場で滑ったりしないよう、崖壁に片手を突いた状態で、御坊の体に近付いていく。

すると――。

「う、うう」

呻き声とともに御坊の腕が動いた。やっぱりまだ生きていた！

僕は手近にあった石を掴むと、御坊の後頭部を殴った。殴った。殴った殴った殴った。後頭部がかち割れ、そこから魂が抜け出したように、御坊は動かなくなった。間違いなく死んでいた。

やった、ついにやったんだ。剛竜寺は先に殺されてしまったけど、御坊はこの手で殺すことができた。これで目標に向かって一歩前進だ。待ってろよ、五味。すぐに全員殺してやるからな。

僕はしばらく興奮してその場に座り込んでいたが、そのうち我に返って動き始めた。

まずは指紋が付いている可能性がある石を、海に投げ込む。

それから死体も引きずって海に落とそうと思ったが、よく考えたら死体が発見されてもそこまで問題ない。そんなことをしている暇があったら、早く戻ってドジっ子ジャーロを救出するべきだ。あまり時間がかかりすぎると、さすがに言い訳も利かなくなってしまう。

そう判断した僕は現場を離れ、崖の上に戻った。さっきと変わらず人影はなかった。僕は目撃されなかったことに安心しながら、再び森に入っていった。

＊

僕は元来た獣道を逆走した。もちろん探沢が転落した付近では、速度を落として足音を抑えた。そして森を抜け、施設の前まで戻ってきた。

すぐ中に入らず、まずは遠巻きに様子を窺った。ここで誰かに目撃されたら、さすがに時間のズレが問題になるからだ。

探沢も言っていたように、彼を引き上げるには複数人の力が必要だろうから、最終的には最上などに協力を求めることになるだろう。でもそれはロープを見つけてからだ。そのタイミングなら、ロープを探すのに時間がかかったという言い訳が成立する。

施設の周囲に人影はなかった。僕は素早く建物に駆け寄り、勝手口のガラス戸から中を覗いた。誰もいない。

よし！

僕はそっとガラス戸を開けると、中に滑り込んだ。食堂の方から子供たちの騒ぎ声が聞こえてくる。大分フラストレーションが溜まってきているみたいだ。妃一人で抑えられるだろうか。混乱は僕の望むところなんだけど、今は抑えていてもらわないと困る。

僕は昨夜レインコートとペンライトを持ち出した、北棟階段下のロッカーに向かった。

ロープはそこにあったはずだ。

誰とも遭わずに辿り着くことができた。僕はロッカーを開けた。

ロープは確かにあった——が、短すぎる。二メートルくらいしかない。これではさすがに届かないだろう。

言い訳ではなく本当にロープを探すことになりそうだ。でもここ以外にロープがある場所は知らない。さあ、どうしようか。

考え込んでいると、勝手口のガラス戸が開く音がした。

僕は慌てて柱に身を隠し、そっちを見た。入ってきたのはジーンズに泥が跳ねた最上だった。施設内を捜していたはずの彼がどうして外から帰ってくるのだろうか。

それはともかく、ロープを探していたという言い訳が成立するこのタイミングなら、もう見つかってもいいかもしれない。むしろ彼にロープの置き場所を知らないか聞いてみよう。

僕は柱の陰から出て、彼に声をかけた。

「最上先輩」

「うわっ」

彼の叫びがホールに響き渡った。大袈裟（おおげさ）な反応にこっちも驚いたが、気を取り直して尋ねた。

「施設内を捜していたんじゃなかったんですか」

彼は眼鏡の奥の目を白黒させながら答えた。

「さ、捜したけど、どこにもいなかった。それで建物の周りを捜していたんだ」

一応筋は通っているけど、挙動不審な態度が気になる。いきなり出てきた僕に驚いただけなのか、それとも何か疚しいことがあるのか……。

疑いの目で見つめていると、最上が尋ねてきた。

「そっちはどうだった。探沢くんは？」

「実は……」

僕は探沢が転落したことを話し、ロープの置き場所を知らないかと尋ねた。

「そ、そりゃ大変だ。え、そこのロッカーは探したのかい」

「はい、でも二メートルくらいしかなくて。随分下まで落ちたから十メートルは欲しいんです」

「十メートルか。うーん。でも他にロープが置かれている場所なんてあったっけなあ」

最上はしばらく首を捻っていたが、そのうち何かを思い出したように言った。

「そうだ、船着き場の側に倉庫があるだろ」

「ああ、そういえばありますね」

そこにはクルーザー関連の道具の他、施設に置き切れないものが保管されている。

「あそこになら確かロープがあったはずだ」

「良かった」

僕はそう言ったが、頭の中では別のことを考えていた。

倉庫までは片道十分くらいかかる。そんなところまでロープを取りに行ったら時間がかかりすぎて探沢に疑われるのではないか。

でもすぐにその考え方は逆だと気付いた。実際にロープを調達するのにかかった時間が長ければ長いほど、最初の時間のずれを誤魔化せるのだ。

僕は倉庫までロープを取りに行くことにした。

「あの、探沢を引き上げるのに人手が要りそうなので、先輩も一緒に来てくれませんか」

「もちろんそのつもりだよ。一応妃さんに伝えてくるから、ちょっと待ってて」

最上はそう言って食堂に向かった。

彼が戻ってきてから、二人で勝手口を出た。

＊

問題の倉庫は施設の南にあるけど、間には山があって直進することはできない。南西方向に迂回する道と、南東方向に迂回する道があるけど、風除けの森を通る前者を使うことにした。

小走りで半分ほど進んだところで、森の中に入った。風が弱まりホッとしていると、まだ声変わりしていない少年の声が聞こえてきた。

「頑張れー」

僕と最上は顔を見合わせた。これはみんながずっと捜していた馬田の声じゃないか。

道から外れ、声がした方の茂みを掻き分けると、そこに足原と馬田、鹿野がいた。

足原は一本の木をまっすぐ見据え、馬田と鹿野が遠巻きに囃し立てていた。何をしているんだろう。

と、いきなり足原が木に向かってダッシュした。ほとんど垂直な幹をダダダッと駆け上がっていく。そして最高到達点で跳躍した。

パステルブルーのワンピースがひらめき、ダビデ像のように白く美しい筋肉が付いた太股が覗いた。同様に肘から指先まで真っ白な右腕が天に伸ばされる。それが太い枝に触れた。枝が揺れ、丸いものが落ちてくる。ぬかるみの上で跳ねずにめり込んだそれは野球の硬球だった。

馬田と鹿野が歓声を上げる。

「すげー、さすが筋トレ星人！」

「ありがとう、筋トレ星人！」

「その呼び方、やめてくれない？」

足原は無表情で言うと、硬球を拾って二人に渡した。

僕はぼんやりとその光景を眺めていた。瞼の裏に鮮烈な白の残像がまだ焼き付いていた。

その間に最上は足原たちに駆け寄っていった。

「足原さん、二人を見つけたんだな」

「あ、最上先輩。お疲れ様です」

足原はこっちに気付くと、ぺこりと頭を下げた。僕も彼らの方に歩いていった。

最上は二人の男子の方を向いた。

「き、君たち。勝手に外に出るからみんな心配してたんだぞ」

精一杯リーダーの威厳を見せようとするけど、いまいち迫力がない。二人の男子もどこ吹く風という態度だ。

「あまり怒らないであげてください。二人は遊ぶためじゃなくて人助けのために外に出たんです。そうよね？」

足原に促されて、馬田はしゃべり始めた。

「このボール、飯盛兄ちゃんが死んだお父さんに買ってもらったものなんだって。でもこないだ、俺らと飯盛兄ちゃんたちで野球してたら、剛竜寺兄ちゃんのホームランで、このボールが森に飛び込んじゃって。いくら捜しても見つからなかったから、飯盛兄ちゃんも泣く泣く諦めたんだけど」

鹿野が後を受けて説明する。

「明日、飯盛兄ちゃんの誕生日だろ。だからこのボールを捜し出して、誕生日プレゼントにしてやろうって思ったんだ。多分この辺だと思って捜してたら大当たり。でも枝に手が届かないで困ってたら、筋トレ星じ——足原姉ちゃんが来て助けてくれたってわけ」

ここは西寄りの区域なので足原の捜索範囲だ。

「なるほど、そういうことだったのか」

最上は納得したように言った。

いい子たちじゃないか、と僕も思った。こんないい子たちが命を落とすようなことにならなくて本当に良かった。

「でもあなたたち、もう勝手に外に出ちゃダメよ。嵐の真っ最中で危ないんだから」

足原が注意すると、二人の男子は素直に返事した。

「はーい」

「じゃあ、みんなで施設に戻りましょうか」

「いや、それが……」

最上は足原に、探沢が転落したことと、倉庫にロープを取りに行く途中であることを話した。

「探沢兄ちゃんが……」

「やっぱり俺らのせいなのかな」

怪我人が出たと知らされたことで、二人の男子もさすがに責任を感じ始めたようだ。

足原は少し考えてから言った。

「私はひとまず二人を施設まで連れて帰ります。最上先輩と網走くんは倉庫からロープを取ってきたら、施設で待機している私に声をかけてください。私も引き上げ作業を手伝いますから」

「君の筋肉があれば百人力だよ」

最上は褒めたつもりだったのだろうけど、足原は淡々と抗議した。

「あまり筋肉のこと言わないでくれますか。セクハラで訴えますすよ」

じゃあ何で筋トレしてるんだよ、とツッコみかけて思い止(とど)まった。さっきの探沢の言葉を思い出したからだ。

——呪羅は鏡宮先輩が自分を守るために作り出した盾だって言いたいの？

——ああ。足原の筋トレも似たようなものだろう。

いつもふわっとしたワンピースを着ているところを見ると、本当は体なんか鍛えたくないのかもしれない。

でも彼女の筋肉、良かったけどな。

僕はふとそう思った。

＊

足原たちと別れた僕と最上は、再び倉庫を目指した。

木々がまばらになり、その隙間から嵐の海が見え始めたところで、目的地に到着した。

船着き場から少し引っ込んだ防風林の中、鰻（うなぎ）の寝床みたいに前後に細長いプレハブ倉庫が立っていた。

島には施設の関係者しか住んでいないので、鍵はかかっていない。最上がドアを開けた。

次の瞬間――。

「うわあっ」

最上が大声を上げて尻餅をついた。

どうしたんですか――尋ねようとしたその声がせき止められた。

両側と突き当たりに棚がある暗い倉庫。その細長い床の奥半分を占めるような形で、真っ黒な何かが横たわっていた。

影法師のように黒い人形の物体……何だこれは一体……。

僕はその正体を知るべく、震える手を伸ばし、ドアを入ってすぐのところにある電気のスイッチを押した。

古い蛍光灯が点滅しながら点いた。

倉庫内に光が行き渡っても、その物体は依然として光を吸収する暗黒のままだった。足を手前、頭を奥に向けて、うつ伏せに倒れている。

物体の周囲には、飛沫の少ないなだらかな黒い水溜まりができていた。また足の側に空っぽの黒ペンキ缶と、その蓋が置かれていた。

それで分かった。これは人形の物体に黒ペンキをぶちまけたものなのだ。

その物体の正体は？　マネキン？　いや……。

この丸っこい肥満体型。どこかで見たことがある。

「飯盛くん？」

最上が高く掠れた声で呟いた。

そうだ、この体型は飯盛だ！

飯盛がどうして黒ペンキまみれに？　ペンキ缶につまずいて頭でも打って気絶した？

いや、それだと全身が満遍なく真っ黒になるはずがない。なだらかなペンキ溜まりになるはずがない。缶が直立しているはずがない。

これは別の人物が缶を傾け、ゆっくり垂れ落ちる黒ペンキで、倒れた飯盛の体を念入りに染め上げた、そんな現場なのだ。事故なんかじゃない。もっと人為的な――暴力的な――そう、目に金柑を嵌め込まれた剛竜寺のような――。

金槌(かなづち)。釘を打つ平たい部分に赤い液体が付着した金槌。それが黒ペンキ缶の陰に落ちていた。

また倉庫内は軽い格闘があったかのように、物が棚から落ちたり、横倒しになったりしていた。

あの猟奇殺人鬼の仕業か？　奴が飯盛を撲殺(ぼくさつ)した？

飯盛大が……死んだ？

馬鹿な、そんなことあっていいはずがない。

「飯盛ィ！」

僕は黒い人体に駆け寄り、その右手首を摑んだ。べちゃっと手にペンキが付くけど、構わず脈を取る。

脈は――ない。

いや、ペンキのコーティングのせいで脈が伝わりにくくなっているか、僕の測り方が下手なだけだ。

僕は諦めず黒い人体を揺すった。

「飯盛、起きろ、起きろって！　今お前が死んでどうするんだよ！　お前が死んだら――」

「網走くん！」

背後で最上の声がしたが、僕は構わず目の前の物体を揺すり続けた。

「――誰がボールを受け取るんですか！　馬田くんと鹿野くんが明日誕生日の飯盛先輩のために、せっかくボールを捜し出してくれたっていうのに！　死なないでください！」

でもそれは息を吹き返さなかった。

本当は気付いていた。さっきから手に触れている肉体に生命の温もりが感じられないこと。こんな状態の現場で生きている方が難しいこと。

そろそろ認めなければならないだろう。

飯盛大は、死んだ。

僕は絶望して嗚咽を漏らした。

「網走くん、網走くん」

誰かがしつこく僕の名前を呼んでいる。

この声は――最上だ。

最上？

その瞬間、複数の記憶が僕の脳内を飛び交った。

――売れ残りのくせに！

――もし最上が犯人で、ドアの開け閉めが重要な手がかりだったらどうする？　もっと詳しいことを思い出される前に、飯盛の口を封じようと思うかもしれない。

――入ってきたのはジーンズに泥が跳ねた最上だった。施設内を捜していたはずの彼がどうして外から帰ってくるのだろうか。

「……お前か」

「え？」

僕は振り返って最上の胸倉を摑んだ。

「お前が飯盛を殺したのか！　売れ残りって言われたから！　それかドアの開け閉めを目撃されたから！　それでさっき施設の外から帰ってきたんだろ！」

「ちょ、ちょっと、落ち着いて。僕は――僕はやってない。犯人じゃないよ」

僕は我に返って最上を放した。

「すみません、つい混乱しちゃって……」

尻餅をついた最上は怯えたように僕を見上げていたが、そのうち立ち上がって言った。

「む、無理もないよ、こんなものを見たら」

それからポケットティッシュを差し出してきた。

「ティッシュ要る？　手にペンキが付いただろ」

「ありがとう――ありがとうございます」

僕は目を逸らしてそれを受け取った。

どれだけ拭いても、手は完全には綺麗にならなかった。最上も僕に摑まれた胸倉を拭いていたが、全然取れないようだ。

「すみません」

「いや、いいよ」

黒く汚れたティッシュは処理に困ったので、倉庫の床に捨てていった。

ふと黒い死体を見ると、僕の手形がいくつも付いていた。怪談で窓ガラスにへばり付く無数の手のように見えてゾッとした。

「やっぱり剛竜寺くんを殺したのと同一犯だろうか」

「そりゃそうでしょう。この島に二人も殺人者がいるなんて考えたくありません」

僕は自分のことを棚に上げて答えた。

「金柑の次は黒ペンキ。犯人は何を考えているんだろう」

「頭がおかしいんですよ。猟奇的な殺し方を楽しんでいるんだ」

「確かに……普通の犯人ならこんなことするメリットがないもんね。とにかく異常な事件……異常な犯人だ」

しばらく沈黙が続いた後、最上が思い出したように言った。

「そうだ、早く探沢くんを助けに行かないと」

「ああ、そうでした」

僕は一瞬、探沢のことを完全に忘れていた。飯盛の死はそれだけ衝撃的だったのだ。

「ロープ、ロープは」

「あったよ」

最上が入り口付近の棚から長いロープの束を取った。

「良かった、入り口付近にあって。もし奥だったら……」

僕はそう言いながら倉庫の奥に目を向けた。前後に細長い床の奥半分は、飯盛の肥満体でほとんど塞がれている。

最上も僕の言いたいことを理解したようだ。

「ああ、ちょっと足の踏み場がなくて大変そうだよね」

「この現場……どうします？　どっちかが見張りに残ったりとか」

「そ、それはやめた方がいいよ。もう二人も殺されてる。探沢くんが言っていた通り、単独行動はしちゃダメだったんだ。僕が間違っていた。飯盛くんには悪いけど、この現場はこのままにしておいて、二人で施設に戻ろう」

「そうするしかなさそうですね」

僕は念のため倉庫の電気を消すと、死体を再び暗闇に封印するようにドアを閉めた。

出る時に気付いたが、倉庫の周囲は舗装されており、足跡は残らない状況だった。

＊

僕と最上は急いで施設に戻った。

玄関のガラス戸越しに、三人の女子が立ち話しているのが見えた。足原と妃と鏡宮だ。

最上はガラス戸を開けて言った。

「呪羅さん、無事だったのか」

呪羅は振り返ると、皮肉な笑みを浮かべた。

「私はね」

「私は……ってどういう意味？」

「担当範囲の東側をあらかた捜索し終えたから、北の崖まで足を延ばしたの。そうしたら崖の下の岩場で見つけたわ。御坊の死体をね」

「えっ」

隣で最上が大声を上げた。僕は御坊を殺した張本人なので、そこまでの驚きはない。やっぱり発見されたかと思っただけだ。

「御坊くんは殺されたんだろうか。それともうっかり転落して……？」

「何百年も生きてきて、数え切れないほどの死体を見てきた私に言わせれば、他殺ね。彼は崖の下でうつ伏せに倒れていたのに、後頭部が激しく損傷していた。犯人は彼を突き落とした後、石か何かで後頭部を何度も殴ってトドメを刺したんでしょう」

呪羅の唇はそこで止まった――が引き続き彼女と同じ声がした。彼女が持っているコンパクトミラーの中の美羅だ。

「私も鏡越しに見たけど、後頭部がグチャグチャでひどかったよー」

また呪羅の唇が動き出す。

「それで私はここに戻ってきて、妃さんと足原さんにそれを報告していたってわけ」

妃は青ざめた顔で小刻みに震えている。対照的に、足原は冷静な口調で言った。

「これで二人殺された」

「い、いや、それが実は……三人なんだ」

最上が訂正すると、足原は眉を上げた。

「三人？　どういうことですか、まさか」

最上は飯盛の死と、その状況を全員に伝えた。

ひゅっ、と息を呑む音がした。見ると、妃の体がゆっくりと後ろに倒れていくところだった。側にいた足原がとっさに抱き留める。

足原は妃に呼びかけたが、返事はない。

「気絶してる」

「精神的に限界だったんでしょう、可哀想に」

僕は心にもないことを口にした。

呪羅は妃を無視して言った。

「でもそれって本当に飯盛の死体なわけ？　死体は黒ペンキがかかっていて顔は見えなかったんでしょう」

最上が答える。

「その可能性は考えなかったな。でも体型が飯盛くんだったから。職員にも児童にも、あんな太ってる人はいないでしょ」

「それもそうか。ところで何そのロープ。後生大事そうに抱えているけど」

「ああ、これ。さっき足原さんには話したんだけど、探沢くんが斜面から転落して助けを求めているらしい。手伝ってくれるとありがたいんだけど」

「は？　何でこの私がそんなことしなきゃならないのよ。これ以上、人間のゴタゴタに巻き込まれるのは御免だわ。美羅に代わるから、そっちを使ってちょうだい。鏡よ鏡。世界で一番不幸なのは誰」

「私です……。私ほど可哀想な子はいないの……」

こんな状況なのに茶番を続ける無神経さに腹が立ってくる。最上もスルーして別のことを話し始めた。

「じゃ、じゃあ、とりあえず足原さんに妃さんを自室に運んでもらって……あ、でも探沢くんを助けるのに足原さんの力が必要になりそうだから、妃さんは鏡宮さんに任せた方がいいのか……いや、でも鏡宮さんが犯人だったら妃さんが危ない……あ、それは足原さんの場合でも同じじゃか」

最上がリーダーシップを発揮しようとして空回りしているので、僕は助言した。

「妃先輩は食堂で寝かせて、鏡宮先輩が介抱すればいいんです。そうすればお互い手出しできないし、子供たちの見張りもできる。その間に僕と最上先輩と足原先輩で探沢くんの救出に行く」

「そ、そうだな。そうしよう」

僕たちは食堂まで妃を運び、並べた椅子の上に寝かせた。当然、姫島桐亜を始めとした子供たちが何だ何だと尋ねてくるけど、貧血の一言で押し通した。鏡宮にその場を任せ、僕と最上と足原は玄関を出た。

＊

僕が先頭に立って、最上と足原を探沢の転落現場に案内した。

道中、僕はずっと今後の計画をどうするかを考えていた。

そのうちに転落現場に到着した。

「探沢くーん、助けに来たぞ」

僕が斜面の下に向かって叫ぶと、しばらくして返事があった。

「遅かったじゃないか」

飯盛殺しでささくれ立った精神がさらに逆撫でされた。大体お前が足を滑らせるから悪いんだろ。

まあ足を滑らせてくれたから、御坊を殺しに行くことができたんだけど。

僕は気を静めると叫び返した。

「ごめん、色々あって。とにかく今ロープを下ろすから」

僕は太い木の幹にロープを結び付けた後、急斜面の下に投げた。

「それを体に結び付けてから、しっかり握ってて」

「よし、できたぞ。引き上げてくれ」

僕と最上と足原の三人でロープを手繰り寄せた。間違っても死なせてはならないので慎重に引き上げる。

非力とはいえ男子二人と筋肉少女一人の力はなかなかのもので、探沢が小柄なこともあり、そんなに苦労はしなかった。やがて茂みを掻き分ける音とともに、探沢の体が引き上げられた。泥まみれで、所々に葉がくっついている。

「すまない。助かった」

「足首挫いたんだって？　見せてみろよ」

「ああ」

探沢がスラックスの裾をまくり上げると、右足首が痛々しい赤紫色に腫れ上がっていた。

「うわ、こりゃひどいな」

「おぶって帰ろうか？」

そう提案したのは足原だ。ところが女子に助けてもらうのはプライドが許さないのか、探沢は断った。

「いや、肩を貸してくれれば歩ける。網走、悪いが手伝ってくれないか」

「分かった」

僕は探沢に肩を貸した。ところが意外と重く、その状態だと一歩も歩けなかった。

「やっぱり私が肩を貸すよ」

足原はさすがの筋力で、楽々と探沢を運んでいった。僕は情けない気分になった。

探沢も居心地が悪そうな声で言った。

「ところで馬田と鹿野は見つかったのか」

「足原さんが見つけてくれたよ。ただ……」

最上が言葉を濁すと、探沢は眉をひそめた。

「ただ？　二人に何かあったのか？」

「い、いや、二人は無事だ。その代わり、め、飯盛くんと御坊くんの死体が発見された。状況から見て、おそらく他殺だ」

「何だと！　状況ってどういう状況だ、詳しく話せ！」

僕たちは歩きながら、探沢に二つの死の状況を説明した。

探沢は悔しそうな声を絞り出した。見ると、彼の頬を大粒の涙が伝っていた。

「俺がドジを踏んだせいでさらに二人も……俺は探偵失格だ……」

そのうちの一人は僕が殺したんだけど、それでも探沢の悔しさはまあまあ分かる。僕はそこそこ心を込めて励ました。

「探偵失格だなんて甘えだろ。自分の使命から逃げているだけだ。本当に責任を感じているなら、犯人を見つけてみんなの仇(かたき)を取るべきだ」

ただし御坊殺しの犯人は見つけなくてよろしい。

「甘え……そうだよな……確かに俺は逃げていた。お前の言う通りだ。最後まで職責を全うすることが、探偵としての責任の取り方だ。よし！」

耳元で急に大きな声を出すから、足原が驚いていた。

「今から現場に連れてってくれ」

発言内容も迷惑極まりない。

「ええ、今から？　早く施設に戻らないと」

「そうだよ」と最上も加勢してくれる。「もう三人も殺されている。内部犯だろうと外部犯だろうと、食堂でみんなで固まっているべきだ。死者が増えたことを職員にも電話しないといけないし」

「だが……」

探沢は口ごもった。どう見ても僕と最上の方が正論で、自分の方が駄々なので、あまり強く主張できないのだろう。

探沢の推理力がどれくらいなのかは分からないけど、推理の機会を与えないに越したことはない。それに、僕にはまだ殺さないといけない人間がいるので、現場を見に行っている暇などない。このまま押し切る。

ところが探沢に思わぬ助け船が出された。足原がこう言ったのだ。

「私は行ってもいいけど。二人の死体もこの目で見ておきたいし」

「あ、足原さん。何言ってるの」

最上がたしなめるけど、

「だって私はどっちの死体も見ていないんですよ。それで二人が死んだって言われても、はいそうですかなんて受け入れられません、同じ施設の仲間なんですから。一人で見に行くのは危険かもしれないけど、今はほら、四人いるわけですし」

「うーん、そう言われてみたら、僕も御坊くんの死体を確認しておきたい気になってきたな。何せ鏡宮さんしか見てないわけだし」

逆に最上まで説得される流れになってきた。

ここで僕だけが強硬に反対し続けると疑われてしまう。

まあ、現場を見に行くくらいなら別にいいか。御坊殺しの現場には何も証拠は残していないはずだし、飯盛殺しの犯人は逆に探沢に捕まえてほしいくらいだ。

殺人鬼がこの中にいてもいなくても、四人で行動していれば迂闊に動けないはず。

「じゃあ、行きますか？」

僕は最上の顔を見た。彼は後ろめたそうに答えた。

「まあ、じゃあ、ちょっとだけ」

「すまない、みんな。感謝する」

探沢は深々と頭を下げてから続けた。

「じゃあ、まずは御坊の方から行こう。北の崖ということは、ここから近いからな」

「だけど詳しい場所は聞いてないよ」

僕は知っているけど、当然案内するわけにはいかない。

「今から施設に戻って鏡宮に聞くより、直接北の崖に行って捜した方が早いだろう」

僕たちは獣道を逆戻りし、森を抜けた。

現場は森を出てすぐの崖の下なので、発見までそれほど時間はかからなかった。

「あれだ」

僕たちはみんなで探沢を庇(かば)いながら、風が吹き付ける岩場に下りていった。

現場の状況はさっきとほとんど変わっていないみたいだった。探沢は四つん這いになって白い手袋を嵌めると、死体の手首の脈を取った。

「うん、間違いなく死んでいる」

それから、上着のポケットに入れっぱなしだったデジカメで現場を撮影し始めた。

「五味さんが飛び降りた場所と同じ。何か意味があるのか、それとも偶然か」

独り言のように呟く足原の髪が風に乱舞している。僕は五味のボサボサ髪を思い出した。

探沢は撮影を終えると、死体を調べ始めた。

「うつ伏せに倒れているのに、後頭部に複数の打撲痕。他殺だな。呪羅の見立て通りか」

「呪羅……何百年も生きてきて、数え切れないほどの死体を見てきたって言ってたけど、何者なんだろう」

最上は時々雷が光る沖合を遠い目で見つめていた。僕は呪羅のことなんかどうでも良く、探沢が僕に繋がる手がかりを見つけないかどうかということだけが気がかりだった。

でも結局、見つからなかったようだ。

「これ以上分かることはなさそうだ。次の現場に行くぞ」

僕は安堵の息を鼻から押し出した。

これは探沢がヘボというより、何も見つからないのが当然なのだ。僕は殺して逃げるという必要最小限の動作しかしてないんだから。

対して殺人鬼の方は、飯盛の死体を黒ペンキで染め上げるという余計なワンアクションを加えている。その分、手がかりが残っている可能性も高い。

＊

僕たちは飯盛の死体が発見されたプレハブ倉庫に移動した。こっちも現場の状況は変わっていないようだった。

探沢はまず、僕と最上が使って床に捨てたティッシュに目を留めた。

「何だ、このティッシュは?」

「ごめん、それは僕が手に付いた黒ペンキを拭くのに使った。死体に付いている手形も僕のだ」

「素手で死体に触ったのか」

探沢が咎めるような目をしたので、僕は弁解した。

「だって仕方ないじゃないか。生きているかどうか確認しないといけなかったしさ」

「ふん、確かにそれはそうか」

探沢はさっきと同じく、死亡確認と撮影を終えると、血の付いた金槌を拾い上げた。

「この金槌は施設から持ってきたものか、それとも元々この倉庫にあったものか……後者だな」

「何で分かるの」

「これを見ろ」

探沢は右手の棚の中程を指差した。

「棚には埃が積もっているが、この部分だけ金槌の形に埃が付いていない。また同じ形状のものが棚の下に落ちてもいない。したがって凶器の金槌は元々ここに置かれていたと考えるのが自然だ」

「なるほどね」

「犯人はこの狭い倉庫内で飯盛と揉み合いになり、棚の金槌で撲殺した。黒ペンキで分かりづらいが、よく見ると後頭部が陥没している」

「凶器を事前に用意していなかったってことは、突発的な犯行ってこと？」

「一概には言い切れない。そもそも俺たちは馬田と鹿野を追って施設を飛び出したわけだから、凶器を持ち出す暇はなかった。だから現地調達しただけとも考えられる」

僕が御坊を殺す時もそうだった。

「で、でも僕たちの中に犯人がいるとしたら、誰も服が黒ペンキで汚れてなかったのはおかしくない？　返り血のことだってあるし」

最上はまだ外部犯説を諦め切れないようだ。探沢は反論する。

「現場の状況から見て、慎重に行動すれば服を汚さないことは可能だ。撲殺なら出血が少ないことも多い」

「そうか……」

最上はしょげ返った。

「足原、悪いが手伝ってくれ」

「分かった」

足原の肩を借りつつ、探沢は現場を調べてまわった。

その最中、彼は左手の棚から双眼鏡を取って覗き込んだ。

「双眼鏡？　事件に何か関係あるの？」

「いや、奥の棚を見ておきたくてな。死体の脇を無理やり通り抜けたら、ペンキ溜まりを踏み荒らしてしまうから」

「この事件の肝はもちろん、犯人はなぜ死体に黒ペンキをかけたのかということだ。お前たちに何か意見はないか」

一通り調べ終わると、探沢は再び全員に問いかけた。

そんなこと聞かれても、猟奇殺人鬼の考えていることなんて分かるわけない。最上も足原も困惑した顔をしている。僕はおずおずと言った。

「それはやっぱり、犯人が頭おかしいってだけの話じゃないの。剛竜寺の目の金柑と同じで、死体に猟奇的な装飾をすることが快感なんだよ」

「ならばなぜ御坊の死体には装飾がなかった？」

「それは……」

御坊だけは僕が殺したからだ、とは当然言えない。

しまった、御坊殺しだけは別件だと知っているような今の発言は失言だったか？

でも探沢は気付かない様子で話を続けた。

「それにもう一つ疑問点がある」

「疑問点？」

僕はこれ幸いとばかりに、その話題に飛び付いた。

「お前と最上が死体を発見した時、この倉庫は電気が消えていたんだろう」

「確かに消えていたから僕が点けたんだけど、それが何か関係あるの」

「猟奇殺人者は、こっそりコレクションする場合を除いて、自分が頑張ってデコレートした死体を見せびらかしたいと思っているのが常だ。だったら倉庫の電気は点けっぱなしにしていくはずじゃないか」

「あっ」

思わぬ観点からのアプローチだった。確かに探沢の言う通りかもしれない。

「だから犯人が死体に黒ペンキをかけたのには何か別の理由――快楽目的ではない実利的な理由があるように思えてならないんだ」

「死体に何か不都合な証拠が付着してしまったから、それを覆い隠すためとか？」

足原が意見を出したが、探沢はこう言った。

「確かにそれも一つの可能性ではある。だがその場合、なぜこの黒ペンキ缶を使った？」

「どういうこと？」

「双眼鏡で突き当たりの棚を見たら、白ペンキ缶の隣に、円く埃が付いていない部分があった。さっきの金槌と同じ理屈で、犯行に使われた黒ペンキ缶は元々そこに置かれていたはずだ」

探沢は僕たちに双眼鏡を回して、円い跡を確認させた。

「だが見ての通り、倉庫の奥半分は飯盛の肥満体で塞がれている。突き当たりの棚まで手は届かないから、この黒ペンキ缶が欲しいなら死体の脇を苦労して通り抜けなきゃいけない」

「まあでも、そこまで通り抜けられないってほどでもないんじゃない？　黒ペンキをかける前は当然ペンキ溜まりもないわけだし」

「それはそうだが、そんな苦労をしなくても、もっと手近な位置に黒ペンキ缶があるじゃないか。ほら、ここに」

探沢は右手の棚を指差した。金槌の跡のすぐ隣に、別の黒ペンキ缶が置かれていた。死体の脇を通り抜けなくても取ることができる位置だ。

「二つの缶はどちらも同じメーカーの水性ペンキかつ、開封済みだ。犯人としてはどちらを使っても良かったはずなのに、どうしてわざわざ奥の取りづらい方を使ったのか」

「確かに言われてみれば変だね」

ところで僕は別のことが気になっていた。

「ごめん、本題からはズレるかもしれないけど、何で開封済みの黒ペンキ缶が二つもあるんだろう。普通、使い終わってから二つ目を開けるよね」

答えたのは意外にも最上だった。

「そ、それは僕のミスだ。こないだ職員を手伝って施設の外壁を塗り直している時に、一つ目がまだ残っていることを知らないで、二つ目を開けてしまったんだ。その場には足原さんもいたけど、この件覚えてる？」

足原は無言で頷いた。つまり開封済の黒ペンキ缶が二つあること自体は、疑問に思わなくてもいいってことか。

「どうして犯人は同じペンキのうち取りづらい方を使ったのか」

探沢が改めて疑問を提示する。

足原が第一の可能性を挙げた。

「単に右手の棚のペンキ缶に気付かなかったんじゃないかしら」

「右手の棚のペンキ缶は、凶器の金槌の側に置かれていたんだぞ。見落とすとは考えにくい」

最上が第二の可能性を挙げた。

「犯行直後と今とで、飯盛くんの体の位置が変わっているんじゃないか。飯盛くんが苦しみながら這って移動したとか、犯人が何らかの理由で死体を動かしたとか。きっと犯人が奥のペンキを取りに行った時は、飯盛くんの体は通路を塞いだりなんかしていなかったんだよ」

「床を見ろ。棚と同じく埃が溜まっている。誰のものか判別できない無数の足跡が付いているが、飯盛が這ったり、死体を引きずったりしたような跡はない。こんな肥満体を引きずらないで移動させることなんてできないしな」

僕が第三の可能性を挙げた。

「棚の物がいくつか床に落ちてるじゃん。それと同じで、飯盛と犯人が揉み合った時に、奥の黒ペンキ缶も落ちたんじゃない？　そしてそのままゴロゴロと取りやすい位置まで転がってきた。もちろん蓋は閉まったままね」

ペンキの蓋というものは、開ける時はマイナスドライバーのようなものでこじ開け、閉める時は上からガンガン叩いて密閉するという原始的なものだ。それでもちゃんと閉まっていれば、棚から落ちて転がっても蓋は開かないはず。

だけどこの説も否定された。

「犯行に使われたペンキ缶は、縁のペンキが固まって蓋が閉まりづらい状態になっている」

探沢は落ちていた蓋を空き缶に被せ、上手く閉まらないことを実演してみせた。

「短時間で固まるとは思えないから、犯人じゃなくて以前使った奴がちゃんと縁を拭かなかったんだろう」

「あー、僕かも、ごめん」

前回使った最上が謝る。探沢は続けた。

「こんな状態で棚から落ちたら、間違いなくその時点でペンキがぶちまけられる。そうなったら、こんな風に、死体の上からゆっくり垂らしたかのような、なだらかなペンキ溜まりにはならない」

誰も第四の可能性は思い付かないようだった。

探沢は頭を掻きむしりかけて、やめた。現場に毛髪や頭皮を落とすことを気にしたのだろう。

「死体を黒く染めたいだけなら、どっちのペンキでもいいはずだ。それなのに、どうしてわざわざ取りづらい奥のペンキを使ったのか。そこに実利的な理由があるはずなんだ。快楽目的じゃない、合理的な理由が」

「も、もし猟奇殺人じゃないとしたら、犯人の動機は何なんだろう。どうして三人も殺したのか」

最上の疑問に、探沢は頷いた。

「ああ、それも謎だ。五味の復讐という線も考えたが、三人のうち一人はいじめとは無関係だからな」

「何か別の恨みがあったのかしら」

足原がポツリと呟いた。

なあ、殺人鬼。快楽目的でも恨みでも何でもいいけど、今だけはちょっと抑えててくれないか。これ以上殺されたら、こっちの計画にまた支障が出るんだ。頼むよ。

僕はどこかにいる殺人鬼に向けて、心の中で呼びかけた。

殺人鬼Xの過去

力重狐々亜(りきしげここあ)が家にやってきたのは、Xが小学六年生の時だった。

彼女は檻(おり)に囚われていた。何かの比喩ではなく、文字通りの檻である。

ある休日のどんより曇った昼下がり、一台のバンがXの家の前に停まった。バンから下りてきた中年の夫妻は辺りを憚(はばか)るように見回すと、バックドアを開けた。

そこには台車が積まれていた。台車の上には、黒い布に覆われた直方体の何かが載っている。

仕事着のローブを纏った幽子の誘導で、夫婦は台車を玄関に運び込んだ。

Xは事前に話を聞いていたため、黙って成り行きを見守っていた。だが力重夫妻が黒い布を取り払った時は、中身を知っていたにもかかわらず、思わず声を上げてしまった。

台車の上に載っていたのは鉄檻だった。そしてその中に少女が入っていた。彼女は四つん這いで、髪も爪も伸び放題、獣のような唸り声を上げながら、ギラギラ光る目でXと幽子を睨み上げていた。

つん、と公衆便所のような臭いがXの鼻を突いた。よく見ると、狐々亜の髪はフケだらけで、白い服も黄ばんでいた。きっと長い間、風呂に入っていないのだろう。狼に育てられた少女、という印象をXは受けた。

一方、幽子は別の動物名を挙げた。

「狐――ですね」

「やはりそうですか」

狐々亜の母親が食い付くように言った。幽子は深く頷いた。

「間違いありません。ほら、目が狐のように吊り上がっていますでしょう。これが狐憑きの特徴なんですよ」

「ほら、私の言った通りだったじゃない」

力重夫人は力重氏の肩を叩いた。彼は何も言わず、喉が詰まったような声を出しただけだった。

「何か心当たりはありますか。狐に祟られるようなことをしたとか……」

幽子が尋ねると、力重夫人は饒舌に語り始めた。

「それがですね、ウチの家がどうも稲荷神社を潰してできたものだったらしいんですよ。業者は何も言わなかったから、後で近所の人に聞いて初めて分かったんですけど、本当に詐欺ですよ。やけに安かったから、これは絶対変だ、やめようって私は言ったんですけど、この人が聞かなくて」

力重夫人は恨めしげに力重氏を見た。彼は何も言わず、目をしばたたかせただけだった。

「なるほど、それが原因の可能性はありますね。その辺を取っかかりに狐を説得してみようと思います」

「よろしくお願いします」

力重夫人は深々と、力重氏は一拍遅れて頭を下げた。

「それでは早速お祓いを始めさせていただきます。ここでは狭いので、庭にある蔵に運ぼうと思います。そちらには道具もありますし」

一旦外に出るので幽子が檻に布をかけ直していると、今まで黙っていた力重氏が初めて言葉を発した。

「あの、先生、娘は助かるでしょうか」

幽子は顔を上げると、自信に満ちた笑みで言った。

「ご安心ください。絶対に助けます」

力重氏の表情が少しだけ和らいだ。それを見てXは、やっぱりお母さんは頼りになると思った。

「X、手伝って」

「はい」

Xと幽子は協力して台車を玄関の外に出した。そして庭を回り込んで蔵まで運んでいく。力重夫妻が後を付いてくる。

幽子は台車を蔵に運び込むと、こう言った。

「ご夫妻は中に入ってください。Xは家に戻って待っていなさい。絶対入ってきちゃダメよ」

Xは頷いて立ち去ろうとした。

その時、ガチャンという音がして、布に覆われた檻が激しく揺れた。

同時にXは見てしまった。

幽子の顔にさっと怯えがよぎるのを。

お母さんが怖がるなんて、もしかしてこれはかなり危険な仕事なのではないだろうか。

凄腕霊能者のお母さんのことだから大丈夫とは思うけど……。万が一ということもある。

不安に駆られたXは、蔵の扉が閉まり内側から鍵がかけられた後も、しばらくその場に立ち尽くしていた。

蔵の中から祝詞ともお経とも付かぬ呪文が聞こえてくる。始まったようだ。

次いでバシン、バシンと何かを繰り返し打ち据えるような音。獣が怒り悶(もだ)え苦しむような咆哮(ほうこう)。

きっと蔵の中では、幽子と狐の激闘が繰り広げられているに違いない。

ふとXの脳裏に過去からの言葉が飛来した。

──もしお母さんがこれからも霊能者を続けるなら、必ずやマイナスの感情に晒されて危険に陥ることがあるはずだ。そうなった時、お母さんを助けてやってほしい。

これを言ったのは誰だったか。

そうだ、Xが小学四年生の時に二度だけ会った眼鏡の初老男性だ。名前は確か論田とか言ったか。

幽子が危険に陥る──何となく今がその時なのではないかという気がした。自分は母親を助けなければいけないのではないか。

Xが地に足の着かない思いでいると、突然、蔵の中から悲鳴が聞こえてきた。

幽子のものでも狐々亜のものでもない。これは──力重夫人の声ではないか。

幽子の呪文が止まった。

さらに知らない女性名（力重夫人の名前？）を呼ぶ力重氏の声。何かが鉄檻にぶつかり、激しい金属音を立てて倒れる音。もはや誰のものとも判別が付かぬ叫び声。

明らかに異常事態だ。「絶対入ってきちゃダメ」とは言われたが、この際そんなことには構っていられない。

Xは蔵の扉に飛び付いたが、内側から施錠されていて開かなかった。扉を叩いたが、中から聞こえてくるのは破壊音と悲鳴だけ。

かくなる上は扉を破るしかない。Xは繰り返し体当たりしたり蹴飛ばしたりしたが、金属製の扉はびくともしなかった。

待てよ、そういえばこの蔵の裏手には窓が付いているはずだ。今更ながらにそれを思い出したXは蔵の裏手に回り込んだ。そして窓から中を覗き込んだ。

Xは慄然（りつぜん）とした。

力重夫妻が床に倒れていた。夫人は喉から、夫は頭から血を流している。

その側で狐々亜が幽子に馬乗りになっていた。幽子は狐々亜を押し退（の）けようと必死に抵抗しているが、少女とは思えない腕力で押さえ付けられてしまっている。

早く助けないと！

窓の鍵は開いていた。Xは窓を開けて叫んだ。

「やめろ！」

狐々亜がXの方を向いた。

本物の狐と見紛うばかりの瞳に、Xは射竦（いすく）められた。窓から中に踏み込もうとしたが、体が動かない。

狐々亜は興味を失ったようにXから目を逸らすと、自分が今組み敷いている獲物の方に視線を戻した。

ダメだ、何か武器がないと母親を助けることはできない。

その時、Xの視界の片隅にプレハブ倉庫が映った。

そうだ、確かあの中に呪いのアーチェリーがしまわれていたはずだ。

Xは弓矢を取ってくると、再び蔵の窓を覗き込んだ。

狐々亜は大口を開け、今にも幽子の喉元に噛み付かんとするところだった。Xは弓に矢を番（つが）え、狐々亜の方に向けた。

同時に、祈るように魔除けの呪文を唱える。

第一節は、数多の神話に語り継がれる黄金の果実。

第二節は、人語を解する深き森の暗黒獣。

第三節は……。

Xは矢を放った。

ところがその瞬間、想定外の出来事が起こった。

幽子が狐々亜を撥（は）ね飛ばしたのだ。二人の位置が入れ替わる。そして——。

Xが放った矢は、幽子の胸に深々と突き刺さった。

しまった——。

そう思った時には、幽子はすでに倒れていた。矢が刺さった胸元が見る見る赤く染まっていく。

Xの感情が次の何かに変わる暇はなかった。攻撃を受けた狐々亜が窓に向かって四つん這いで駆けてきたからだ。

Xは反射的に二本目の矢を番えて放った。

それは狐々亜の額に刺さった。彼女は一瞬何が起こったのか分からないという顔をした。その後、狐の目から光が消えた。彼女は音を立てて床に倒れた。

「お母さん！」

Xは窓を乗り越えて蔵の中に入ろうとしたが、幽子に制止された。

「入っちゃダメ！」

幽子が窓のところまで這ってくる。Xは必死に謝った。

「ごめん、ごめん」

「ううん、いいのよ。助けてくれようとしたんでしょ。ありがとう」

幽子はよれよれの笑顔を作った。Xは胸が詰まって何も言えなくなった。

「さあ、そのアーチェリーを渡して。あなたは矢なんて射ってない。窓から覗いたら異変に気付いて、警察と救急車を呼んだ。いいわね」

「で、でも」

「早く！」

幽子の口から血が噴き出した。その剣幕に圧(お)されたXは弓と残りの矢を渡した。そのまま動かない。

幽子は最期の力を振り絞るように窓の鍵をかけると、床に崩れ落ちた。そのまま動かない。

Xは吠えた。自分も獣になってしまったかのように吠えた。吠えながら家まで走ると、電話に飛び付いた。幽子は警察と救急車を呼べと言っていた。当然、救急車からだ。母親を助けなければならない。一一九。電話が繋がるわずかな時間すら惜しい。

「出て！　出てよ！　早く出てえええええーっ！」

その後のことはあまり覚えていない。

結果だけ言うと、幽子と狐々亜はすでに絶命していた。力重夫人は喉を食いちぎられ、力重氏は檻で頭を強打して死んでいた。

現場が密室だったことから、警察は次のように結論付けた——狐を祓おうとしている間に狐々亜が暴れ出し、殺し合いになった。アーチェリーは元々蔵の中に保管されていた。

アーチェリーにはXの指紋も付いていたので、刑事にそのことを聞かれたが、以前に触れたことがあったと答えたらそれ以上追及されなかった。幽子と狐々亜の傷痕も、室内から射られたと考えても違和感のない深さと入射角のようだった。

だがXだけは真実を知っている。幽子と狐々亜を殺したのは自分なのだ。狐々亜のことなどどうでもいいが、愛する母親を自分の手で殺(あや)めてしまったことは、Xの脳に深い傷を刻んだ。

この日を境に、Xの人生は深淵を転がり落ちていくことになる。

第三節は、世界の終わりを告げる七人が奏でる楽器

飯盛殺害現場を調べ終えた僕たちはプレハブ倉庫を後にした。

帰り道はほとんど誰も口を利かず、陰鬱な木々のざわめきだけが聞こえていた。

森を抜け、風の中に出た。

その風に乗って、どこか馴染みのある臭いが流れてきた。この臭いはもしかして――。

「何か煙臭くない？」

足原が言った。そうだ、これは煙の臭いだ。

「あ、あれ！」

最上が指差した方を見ると、施設の方角から黒い煙が上がっていた。

僕たちは探沢に配慮しつつも、なるべく急いで施設に戻った。

悪い予感は的中した。

施設の半分――北棟と東棟が炎に包まれていた。炎は強風に煽られて、南棟と西棟にも魔の手を伸ばそうとしている。無数の火の粉が巨大な線香花火のように降り注ぐ。重さす

ら感じる煙の塊が一直線に風下に伸びていく。

施設から少し離れた木立に、年少組の子供たちが集まっていた。

「あ、姉ちゃんたち！」

「ヤバいよヤバいって」

馬田と鹿野が僕たちに気付いて駆け寄ってきた。探沢が問い詰める。

「おい、何があったんだ。説明しろ」

「妃姉ちゃんが急に――」

二人の説明はこうだった。

年少組と鏡宮が食堂で待機していたら、妃が意識を取り戻した。剛竜寺と御坊と飯盛が殺された――妃がそう騒ぐので、食堂はパニックになり、二人の子供が逃げ出した。妃は宥めようとする鏡宮を振り払い、台所から天ぷら油を取ってくると、ポケットからライターを出した。今から火を付けるから、お前ら外に出ろ――妃はそう怒鳴ると、防火扉の向こうに走っていった。

年少組は鏡宮の誘導で施設の外に避難したが、最初に逃げた二人がまだ施設内にいることが判明。彼らと妃を助けるため、鏡宮は施設に戻った。しばらくして姫島も妃を説得すると言って、施設に入っていった。直後、火の手が上がった。

「で、でも天ぷら油でそこまで燃えるかな」

「石油ストーブも倒したんじゃないかしら」

僕は妃が火事で家族を失ったという話を思い出した。トラウマになっている炎ですべてをぶち壊そうとしたのか――いや、待てよ。

そういえば、妃の家族が死んだ火事は妃が放火犯だったという噂があると、美羅が言っていた。もしかして妃は追い詰められると放火する癖があるんじゃないか。

そんなことを考えていると、馬田が尋ねてきた。

「剛竜寺兄ちゃんたちが殺されたって本当なのかよ」

僕たちは顔を見合わせた。足原が代表して答える。

「残念だけど本当よ」

「何で黙ってたんだよ！」

「せっかく飯盛兄ちゃんにボールを返せると思ってたのに……」

俯く二人にかける言葉を誰も見つけられないでいると、次の瞬間――。

風向きが変わったのか、プロミネンスのような炎が飛んできた。

「危ない！」

誰かが叫び、悲鳴が上がり、みんなその場にしゃがみ込む――それらはすべて炎が背後に着弾し終わってから行われた。片耳にまだ熱気が残っている。僕たちは突然の出来事にまったく反応できていなかった。

僕が腰を抜かしていると、最上がよろよろと立ち上がった。

「まだ中に何人も残ってるんだろう。助けに行かなきゃ」

彼はまだふらつく足取りで駆け出した。

「網走くん。探沢くんをお願い」

足原もそう言って最上の後を追った。

「お前ら、ちょっと待て！」

探沢の制止を無視して、二人は玄関に入っていった。

「くそっ、日本人（ジャッポネーズィ）は集団行動が得意じゃなかったのか」

悪態をつく探沢の横で、僕は燃える施設を呆然と眺めていた。でもそのうち大事なことを思い出した。

火事なんかで死なせちゃダメだ。自分の手で殺さないと意味がない。

「悪い、探沢。ちょっとここで座っててくれ」

「おい、まさかお前まで……」

「そのまさかだよ」

僕はそう言うと、玄関から中に突入した。急いで脱出できるように土足のままだ。

防火扉の手前は薄暗かった。玄関ホールや食堂の電気が消えているのだ。炎で電気系統がやられたのかもしれない。

対照的に、防火扉の向こうは炎で赤々と照らされていた。台所から出火しても子供たちの居住区域に延焼させないための防火扉だけど、今は逆に子供たちの居住区域が燃えてしまっている。

辺りを見回しても、最上や足原たちの姿はない。チャンスだ。

つい燃えていない南西側を捜したくなるけど、経緯からしてターゲットは北東側にいる可能性が高いはずだ。僕は恐る恐る防火扉を開けた。

その瞬間、肌がジリつき、鼻の奥が熱くなった。ヤバいか？

いや、ギリギリセーフだ。まだ人間が活動できる段階。呼吸だってできる。

僕は腹をくくると、防火扉の向こうに足を踏み入れた。

すると北棟一階の階段スペースから鏡宮が現れた。

「あ、網走くんー」

どうやら今は美羅のようだ。僕は尋ねた。

「話は聞きました。妃先輩は？」

「妃先輩の部屋に行ったけど、いなかったー。他の子供たちもまだ。網走くんも手伝って。私は北棟を捜すから、網走くんは東棟ね」

「分かりました」

どの道、ターゲットを見つけるためには各部屋を捜していくしかない。

僕は東棟に行き、ドアというドアを片っ端から開けていった。男子トイレを捜索中、大事なことを忘れていることに気付いた。僕は掃除用具入れから新品のゴム手袋一組を取って、ポケットに入れた。人を殺すなら指紋対策が必要だ。でも肝心のターゲットが見つからないんじゃ仕方ない。東棟一階には誰も隠れていなかった。次は二階だ。

階段を上がった瞬間、煙を吸い込んで咽せてしまった。二階は一階よりずっと火の勢いがすごい。パチパチパチパチという音が鼓膜を焼く。

見慣れた景色が真っ赤に染まっているのは、まるで世界の終わりのようだった。

これ以上煙を吸わないように口を押さえながら、各部屋を調べていく。けれど二階にも誰もいなかった。

別の棟に移動しよう。そう思った僕は東棟二階のトイレを出たところで、ホールの方を向いた。

透明な防火扉の向こう――廊下の突き当たりに妃の姿が見えた。

彼女は音楽室のドアを開け、中に入っていった。

突然の出来事に一瞬呆然としたが、すぐに我に返った。

とりあえず妃を発見した。後は彼女の側に姫島や他の人間がいるかいないか……。

僕は走った。防火扉を開けて、廊下の西端へ。逸る気持ちを抑えて、そっと音楽室のドアを開けた。

「――――!?」

驚くべきことに、室内にはターゲット一人しかいなかった。

こんなことが……こんなことが起こり得るのか？

まだ炎も煙も届いていない停電で薄暗い室内で、彼女は楽器棚を開けたりカーテンをめくったりしていた。誰かが隠れていないか確認しているようだけど、誰も見つからない。

僕はそっとドアの陰を覗いたが、そこにも誰も潜んでいない。

つまり音楽室に存在しているのは、彼女一人だけなのだ。

これは……奇跡だ。

神様が与えてくれた千載一遇のチャンスだ。

彼女が振り向かないことを祈りながら、室内に滑り込み、凶器を探した。

施設の子供たちがいつかの合唱コンクールで優勝した時の優勝旗が、部屋の奥に置かれている。あの尖った先端が槍として使えそうだ。でもちょっと位置が悪い。取りに行く前に気付かれそうだ。他にないか。

あった。近くにある長机の上に、振り子式のメトロノームが載っている。

僕はゴム手袋を嵌め、両手でメトロノームを持った。

そして彼女の背後に忍び寄ると、メトロノームの底面を後頭部めがけて振り下ろした。

思いのほか大きい音がして、彼女は前につんのめった。

無防備に晒された後頭部に、さらにそれを振り下ろした。

何度も何度も振り下ろした。

やがて彼女は動かなくなった。

僕はメトロノームを床に置くと、彼女の手首の脈を取った。

それは確かに途絶えていた。

やった——。

僕はふと五味の顔を思い出した。


チッ、シュッ、チッ、シュッ、チッ、シュッ、チッ、シュッ

いつの間にかメトロノームが起動し、振り子が左右に振れながらテンポを刻んでいた。

殴っている間にスイッチが入ってしまったんだろう。

でも何だか音が変だ。

そういえば無我夢中で殴る中、一度、振り子を彼女の頭にぶつけてしまった気がする。

それで振り子が曲がって、重り（上げ下げすることでテンポを調節する）が胴体の目盛り部分に擦れるようになったのかもしれない。

まあ、どうでもいいことだけど。

僕は壊れた人間とメトロノームを残したまま、音楽室を出た。

ゴム手袋は南棟二階の男子トイレの大便器に流した。それは回転しながら飲み込まれていった。もしかしたら中で詰まるかもしれないけど、知ったことではない。その場合でも内側の指紋は洗い流されるはずだ。

＊

玄関から外に出ると、年長組はまだ誰も戻っていなかった。それどころか探沢の姿も消えている。

僕は木立のところにいる馬田と鹿野に尋ねた。

「あれ、探沢は？」

「和志（かずし）の松葉杖を借りて、建物の周りを調べに行ったよ」

「消火栓がないか見てくるって」

松葉杖を取られた八歳の厨子（ずし）和志くんは不安そうに、ギプスをはめた片脚を地面に投げ出している。

「消火栓か……」

そんなものあったっけという感じだけど、僕はここに来てから日が浅いので正確なところは分からない。あれば役に立つかもしれない。

「ところで、あれから誰か戻ってきた？」

僕は馬田と鹿野に尋ねた。

「さっき最上が——いや最上兄ちゃんが一人救出してくれたんだ。それからもう一人は自力で出てきた」

「あと見つかってないのは妃姉ちゃんと姫島だけだ。頑張って！」

簡単に言ってくれる。僕は自分の安全のためにも、アリバイ確保のためにも、これ以上頑張るつもりはない。

「いや、中はどんどん炎が激しくなってきていて、これ以上の捜索は無理だよ。後は他の人が無事帰ってくるのを祈るしかない」

「そんな……」

二人は不信の目を向けてくるけど、ガキにどう思われようと関係ない。

僕はそのままのらりくらりと数分をやり過ごした——けど。

けど。

これでいいのか？

目先の保身に囚われて大事なことを見失っていないか？

　そうだ、みんなを助けなきゃ。

「ごめん、僕が間違っていた。助けに行くよ、みんなを」

「網走さん」

「君たちはここにいて。絶対入ってこないで」

　僕はそう言うと、施設に舞い戻った。再び炎が燃えさかる防火扉の向こうへ。

　火の勢いはさっきより強くなっている。僕は館内を捜し回りながら、彼らの名前を呼んだ。

「足原先輩！　鏡宮先輩！　最上先――ゲホッ、ゲホッ」

　煙を吸い込んで咽せていると、あるドアがゆっくりと開き始めた。

　僕は思わず目を疑った。なぜならそれは開くはずのないドア――探沢がマスターキーで施錠した剛竜寺の部屋のドアだったからだ。

　僕はとっさに北棟階段下のロッカーの陰に隠れた。

　出てきたのは足原だった。彼女はドアの隙間から顔を覗かせて周囲の様子を窺うと、廊下に忍び出た。そしてドアを閉めると、ワンピースのポケットから出した鍵で施錠した。

　入所者の部屋を外から施錠できるのはマスターキーしかない。そしてマスターキーは探沢が預かっている一本だけのはずだ。彼女はどうやってそれを手に入れたんだろう。

　そうか、彼女は探沢を救助した後、ずっと肩を貸していた。その間に隙を見て盗んだに違いない。

でも何のために？　まさか彼女が剛竜寺を殺した犯人で証拠隠滅しに来たとか？　あり得る話だけど、今やることだろうか。だって放っておいても火事で証拠は全部消えてしまうのに……。

と、彼女が二冊のノートを小脇に抱えていることに気付いた。何だ、あのノートは。あれを取りに来たってことなのか。

あれこれ考えているうちに、足原は勝手口から出ていった。ひとまず彼女が助かってホッとする。

その時、いきなり後ろから声をかけられた。

「網走くん」

驚いて振り返ると、最上が小走りで階段を下りてくるところだった。救助中に壊れたのか、眼鏡にヒビが入っている。

「最上先輩、無事で良かったです」

「そっちこそ。ところで呪羅――いや鏡宮さんを見なかったかい」

「随分前にこの辺りで会ったんですが、その後のことは……。すみません」

するとと噂をすれば影。ホールの方から鏡宮の声が聞こえてきた。だけど内容がただ事ではない。

「熱い、熱い、燃える、呪羅ちゃん助けて。鏡よ鏡。世界で一番美しいのは誰」

「私よ――って熱ッ！　何これ背中に火が付いてるじゃない！　こんな時に呼び出さないでよ。鏡よ鏡。世界で一番不幸なのは誰！」

「私です――呪羅ちゃん、悪魔だから平気かと思ってさ。鏡よ鏡。世界で一番美しいのは誰」

「私じゃない――ってだからやめろクソガキ！　悪魔でも熱いものは熱いんだよ！」

僕と最上が駆け付けると、鏡宮は玄関ホールの北東側、防火扉の前で大騒ぎしていた。何と服の背中に火が付いている。その熱さを互いに押し付け合おうとしているようだ。

……一人で何やってるんだ。

大体、鏡を使わず人格交代してるじゃないか。さすがの鏡宮もこの非常事態では、設定を守る余裕がなかったか。

最上がジャケットを脱ぎ、呪羅の背中をはたく。それで火は消えた。

「助かったわ。たまには役に立つのね」

「たまにはって何だ、たまにはって」

あれ、この二人ってこんな仲良かったっけ？

いや、今はそんなことを気にしている場合ではない。まずは情報交換だ。

僕は年少組の二人が助かったこと、足原が外に出たことを伝え、こう続けた。

「後は妃先輩と姫島さんだけですね」

ところが最上はこんなことを言い出した。

「それなんだけど――ここは撤収しないか」

「えっ、でもまだ全員見つかってないのに」

「このままじゃ死ぬぞ！　自分の命を最優先するんだ！」

最上らしくない語気の強さに驚いた。思わず説得されそうになる。

が、すんでのところで思い止まった。

ダメだ、一人でも多く助けなきゃ。

「先輩たちは先に脱出してください。僕は残りの二人を捜します」

そう言って階段にダッシュしようとした。だけど最上に回り込まれ――。

「網走くん、ごめん」

当て身っぽいものを食らわされた。

息が詰まる。でもあくまで当て身「っぽい」ものなので気絶はしない。僕は痛みで蹲（うずくま）った。

「一発で仕留められないなんて情けないわね。見てなさい。人はこうやって気絶させるのよ」

呪羅の声がしたかと思うと、首筋に手刀が振り下ろされた。

今度こそ気絶――しない。

だからお前らやるならちゃんとやれって。痛いだけだろ。

もっとも、僕の動きが止まったことに変わりはない。その隙に二人は僕の体を引きずっていき、勝手口から転がり出た。

次の瞬間、建物内から炎が噴き出した。それは鳥籠から逃げ出す火の鳥のように、僕たちのすぐ頭上を飛んでいった。

「あ、危なかった……何だ今のは……」

「バックドラフト現象よ。開いたドアから空気が流れ込んで炎が再燃したんだわ」

呪羅は興奮気味に語った。

僕はまだ心臓がバクバク鳴っていた。今のは勝手口を開けたことが原因とはいえ、あのまま建物内に残っていたらもっと危険な目に遭っていたかもしれない。

「すみません、先輩たちが無理やり連れ出してくれなかったら死んでました」

「いや、何、どっちの判断が正しかったかは分からないよ」

最上は顔を背ける。彼も辛かったのだ。

僕は安心と後悔が半々の溜め息をついた。新鮮な空気を胸一杯吸い込んだけど、気分は晴れない。

僕たちはとぼとぼと木立のところに戻った。不安そうに身を寄せ合う子供たちの中に、妃と姫島の姿はない。最上が悔しそうに唸った。

一方、呪羅は呑気にコンパクトミラーを出し、美羅に戻った。

「鏡よ鏡。世界で一番不幸なのは誰」

足原と探沢の姿はあった。探沢は松葉杖を厨子に返し、また足原の肩を借りていた。

「探沢くん、消火栓は――」

聞きかけて愚問だったと悟る。もし消火栓が見つかったなら、彼がこんなところでぼんやりしているはずはない。

彼は自嘲するように言った。

「ふっ、俺はヘボ探偵さ。施設が燃えるのを指を咥えて見ているしかないんだからな」

「それは僕たちも同じだよ」

僕たちは並んで、燃えゆく施設を見守った。

どれくらいの時間が経っただろうか。

不意に頬に冷たい水が当たった。

涙？

いや……。

「雨よ雨！」

美羅がはしゃぐように灰色の空を指差した。

しばらく凪しか吹いていなかった空から、雨粒が落ちてきた。しかも朝のようなパラパラではなく、大粒の雫だ。

本降りになるのに時間はかからなかった。

城壁の上から降り注ぐ無数の矢のような横殴りの雨が施設を襲う。屋外を貪欲に舐め回していた炎の舌が元気を失い、屋内に引っ込んでいく。黒く太い煙が白く細くなっていき、やがて消えた。

鎮火だ。完全に鎮火した。

雨は仕事を終えるとすぐに止み、また凪だけの嵐に戻った。

「奇跡だ……」

探沢がさっきの僕のようなことを呟いた。

＊

施設の北東側は廃墟のようにボロボロになっていた。一方、防火扉のおかげで南西側の被害はそこまででもなかった。

探沢と年少組を食堂に待機させ、残りの僕たちは妃と姫島の捜索を開始した。今更手遅れかもしれないけど単独行動をしないために、僕と美羅、最上と足原の二人一組に分かれて。

「あれ？」

僕があるドアを開けようとしたところ、内側から施錠されていた。

「そこ、五味さんの部屋じゃん。あのことがあってから施錠されてるよ」

美羅が教えてくれる。

「……ああ、そうでしたね。全然景色が違うんで、一瞬気付きませんでしたよ」

「本当にね。まさか私たちの家がこんなことになっちゃうなんて」

美羅は寂しそうに周囲を見回した。天井は黒ずみ、廊下突き当たりの窓ガラスは溶け、床には煤が浮かんだ水溜まりができていた。

その時だった。

どこからか最上の悲鳴が聞こえてきた。音楽室の死体を見つけたか。

「今の声、最上先輩？　どうしたんだろ」

「とにかくホールに行ってみましょう」

僕と美羅は二階のホールに移動した。するとやっぱり廊下の西端、音楽室の前で最上がへたり込んでいた。側に足原も立っている。

「どうしたんですか」

僕たちが駆け付けると、最上は震える指で音楽室の中を指差した。

「あ、あれ……」

室内の様子を見て僕は驚くふりをしなければならない――と思っていたが、大きな間違いだった。

「ふり」なんてする必要はなかった。

何せ倒れている人間が一人増えていたんだから！

僕は心の底から驚いて大声を上げた。

「妃先輩！　姫島さん！」

チッシュッチッシュッチッシュッチッシュッ

メトロノームの音だけが響き渡る部屋の窓際、妃極女と姫島桐亜が普段のように仲良く並んで倒れていた。

僕たちは駆け寄り、二人の名前を呼んだ。でもどちらも目を覚まさなかった。

妃の後頭部はパックリ裂けて外出血していた。姫島の後頭部は内出血に留まっているものの、気持ち悪いくらい陥没している。

二人の側にはさっき僕が使ったメトロノームに加え、新たにトランペットが落ちていた。

もう一人の犯人が楽器棚から取ってきたのだろうか。でも何のために？　凶器にはならないと思うけど。

「何だ、今の声は」

振り返ると、戸口に探沢が立っていた。また厨子から松葉杖を借りて、二階まで上がってきたようだ。

僕たちは経緯を説明した。

探沢は松葉杖を支えに屈み込んで白い手袋を嵌めると、二人の脈を取った。そして首を横に振った。

「残念ながら二人とも死んでいる。これで五人か」

探沢の肩はわずかに震えていた。探偵として自分の無力さが許せないのだろう。

僕の中にも怒りと混乱が渦巻いていた。こんな女の子まで殺すなんて！　やっぱりもう一人の犯人は血も涙もない殺人鬼なのだ。

探沢は死体の髪を掻き分けて後頭部を見たり、メトロノームを引っくり返して底面を覗いたりしていた。その後、こう結論付けた。

「二人ともメトロノームの底面で頭部を何度も殴打されて撲殺されたものと思われる。出血の差異については単に当たり所の問題だろう」

僕が撲殺に使ったメトロノームを、殺人鬼が再利用したということか。その光景を想像してゾッとした。

探沢は再びメトロノームを手に取った。

「シュッシュッと変な音がしていると思ったら、振り子が曲がって重りが胴体の目盛り部分に擦れているのか。撲殺の衝撃でそうなったのだろう」

僕が撲殺した時にそうなったのだ。でもその時よりテンポが速くなっている気がする。


チッシュッチッシュッチッシュッチッシュッ

なぜだろうと思ってメトロノームを観察すると、あることに気付いた。

現在の重りと同じ高さの目盛り部分に、弧状の血痕が付いているのだ。目盛り部分に他の血痕はない。

「この血の跡……」

「重りの裏に血が飛び散っているからな。重りが目盛り部分に擦れる度に、血もなすり付けていくのだろう」

「そ、そのトランペットは何なんだい」

最上が震える声で尋ねた。探沢はメトロノームを床に戻し、代わりにトランペットを拾い上げた。

「そう、これも謎だ。撲殺に使われた形跡はないが……」

探沢はトランペットを回転させて様々な方向から眺めたり、窓から差し込むわずかな日光に照らしてみたりした。そしてある箇所に目を留めた。

「ん？　マウスピースが濡れている……」

探沢はマウスピースに鼻を近付けて臭いを嗅いだ。

「この臭いは唾液だ」

「だ、唾液？　犯人がトランペットを吹いたって言うの？」

「あり得なくはないが、この犯人が唾液などという重要証拠を現場に残していくような真似をするだろうか。それよりも、こう考えた方が自然じゃないか。唾液は犯人ではなく被害者のものだと」

「被害者の？　ああ、妃さんか姫島さんのどちらかが殺される直前にトランペットを吹いていたということ？」

音楽室は防音性が高いので、外にトランペットの音が漏れることはない。

でも足原は疑わしげに言った。

「妃先輩も姫島さんもトランペットをやっていたなんて話、聞いたことないけど。大体、火事の真っ最中に、呑気にトランペットなんか吹く？」

一瞬の沈黙の後、探沢はこう言った。

「もう一つ可能性がある。それは犯人がどちらかの死体にトランペットを咥えさせたという可能性だ」

「犯人が死体に？　どうしてそんなことするんだよ！」

僕は驚きのあまり、つい大声を出してしまった。

「常人が納得できる理由があるのかどうかは分からない。だが今、一つ思い付いたことがある。犯人はトランペットを吹かせた状態の死体を発見させたかったんじゃないか？　左目に金柑を嵌め込まれた剛竜寺、全身を黒ペンキで染め上げられた飯盛に続く死体装飾というわけだ。しかしトランペットをちゃんと固定していなかったので、死体の口と手から落ちてしまった」

「確かにこの殺人鬼ならあり得るか」

死体にトランペットを咥えさせるなんて、やっぱり異常者だ。

「ところであんたら、火事の最中にこの部屋は捜さなかったのか」

探沢は立ち上がると、全員の顔を見回した。

美羅が答えた。

「かなり早い段階で捜したよ。ほら、妃先輩、昔ピアノを習ってたじゃない。だからもしかしてピアノを弾きながら焼身自殺するつもりなんじゃないかなーとか思って。でもその時は死体どころか誰もいなかった」

最上も最初のうちに音楽室を捜したが、誰もいなかったそうだ。

足原は最上が西棟を捜しているのが見えたから、他の棟を捜していたとのこと。僕も他の場所を捜していたとだけ答えた。

「すると事件は鏡宮と最上が部屋を訪れた後で起きたということになるな。妃が見つからなかったのは、あんたらの動きを見て、捜索済みの部屋に隠れるということを繰り返していたのかもしれない。姫島の方は不幸な入れ違いか」

探沢は考え込んだ。しばらく沈黙が続いた。

「あのさ、子供たちが心配してると思うから、一旦食堂に戻らない？」

足原の提案で、僕たちは音楽室を後にした。

メトロノームが二人を弔う木魚のようにリズムを刻んでいる。

チッシュッチッシュッチッシュッチッシュッ

＊

停電で薄暗い食堂に戻ると、年少組が不安そうな目を向けてきた。

「こうなった以上、もはや隠していても意味はない」

そう前置きしてから、探沢は包み隠さず話した。さすがに殺害方法や死体装飾のことは残酷すぎるので伏せたが、妃と姫島が殺されたことを話した。それから剛竜寺・御坊・飯盛殺しについても改めて説明した。

ゾッとするような沈黙が食堂を包み込んだ。泣きわめいたり、食堂を飛び出したりするような子供はもういなかった。年少組は——いや、年長組でさえも、パニックを起こす段階をとっくに通り過ぎていたのだ。僕たちは見えない殺人鬼に対して、ただ肩を寄せ合って怯えるばかりだった。

食堂の窓がガタガタ揺れている。隙間風がオオオオオーッと絶叫を上げた。圧迫感を吹き飛ばそうとするかのように、探沢は声を張った。

「俺はこの事件を解決したい！　殺された五人の仇を討ちたいんだ！　誰か、情報を持っている者はいないか？　どんな些細なことでもいい」

でも時々すすり泣きが聞こえるだけで、誰も発言しようとしなかった。

探沢は諦めたように溜め息をつくと、第一の事件の時と同じように、年長組を一人ずつ談話室に呼び出して事情聴取していくと言った。

「まずは最上からだ。網走も来てくれ」

食堂を出たところで最上が言った。

「た、探沢くん。事情聴取もいいけど、まずは職員に連絡した方がいいんじゃないか」

「え？」

探沢は気が抜けたような声を出すと、おざなりに言った。

「ああ、連絡、そうだな。そうしよう」

彼は随分参っているようだった。

職員室に寄り、最上が固定電話から職員の携帯に電話した。

が、繋がらなかった。どうやら火事で電話線が切れてしまったらしい。

最上の提案はますます空気が重くなるだけの結果に終わってしまった。

僕たちは仕方なく談話室に行き、事情聴取を行った。今回は年長組だけじゃなくて、火事の最中施設内に取り残された年少組の二人にも質問した。でも犯行や音楽室への出入りを目撃した者は誰一人いなかった。

役に立つ情報があるとしたら一つだけだ。

事情聴取中、美羅が不意にポケットからくしゃくしゃに丸めたメモ用紙を取り出したのだ。

「あのね、これ、今回の事件と関係あるんじゃないかと思って」

探沢はメモ用紙を広げた。僕も覗き込む。

そこには見覚えのない字でこんな文章が走り書きされていた。

『第一節は、数多の神話に語り継がれる黄金の果実

第二節は、人語を解する深き森の暗黒獣
第三節は、世界の終わりを告げる七人が奏でる楽器』

見た瞬間、僕の中にぞわっと嫌な感情が広がった。

探沢は何も感じなかったようで、ぶっきらぼうに言った。

「何だ、これは。あんたが書いたポエムか？」

「私はそんなセンス悪くないよー。呪羅ちゃんじゃないんだから。あ、ちなみに呪羅ちゃんは書いてないって言ってました」

「順を追って説明しろ。あんたはこれをどこで手に入れた？」

「一週間くらい前に、図書室のゴミ箱で拾ったの」

「それが事件と何の関係があるというんだ」

「えー、分かんない？」

天然の煽り気質だ。探沢はこめかみをひくつかせた。

「さっさと説明しろ」

「えっとねー、まず『黄金の果実』は金柑でしょ。それから『暗黒獣』は黒ペンキでしょ。最後に『世界の終わりを告げる七人が奏でる楽器』は、まんまトランペットでしょ。そういうこと」

探沢は目を見開いた。一気に真剣な表情になって、

「まさかこのメモ用紙に死体の装飾方法が書かれていると言いたいのか」

「そうです。犯行計画の覚え書きなのか、逆にこの詩を再現するための見立て殺人なのかは分からないけど」

「いや、待て、ちょっとずつ違う点もあるぞ。例えば『黄金の果実』が、剛竜寺の左目に嵌め込まれていた金柑だというのは頷ける。だが『数多の神話に語り継がれる』とは何だ？　金柑が出てくる神話なんてあるのか？」

「確かに聞いたことないねー」

「それから飯盛に黒ペンキをぶっかけて『人語を解する暗黒獣』というのも、冒瀆的だがギリギリ分からんでもない。だが現場のプレハブ倉庫は『深き森』ってほどの場所にはない」

「船着き場近くの防風林だからねー」

「極めつきは『世界の終わりを告げる七人が奏でる楽器』がどうしてトランペットになるんだ？」

「え、『ヨハネの黙示録』知らないの？　遅れてるぅー」

「むしろ大昔の作品だろ」

「その中に、世界が終わる予兆として七人の天使がラッパ――英訳ではtrumpetを吹く

シーンがあるのよ。犯人はこれを再現するために、死体にトランペットを咥えさせようとしたんじゃないかしら。火事も『世界の終わり』を連想させるし」

「火事を起こしたのは妃だが、犯人がそれに便乗したということか。確かにこの第三節はそのまんまだな」

「でしょ？」

「だがそもそもこの詩？　はどういう意味なんだ。何かの暗号なのか」

探沢は眉間に皺を寄せ、メモ用紙と睨めっこを始めた。

美羅はそれを見ながら、捉えどころのない笑みを浮かべた。

「その紙あげるからさ。頑張って考えてみてよ」

そして美羅は談話室を出ていった。

そのメモ用紙が僕の心にこびり付いて離れない。

他にもう一つ、ずっと気になっていることがある。

どうして妃が音楽室に——。

ん？

今その疑問と、まったく無関係だと思っていた出来事が、一つに結び付いた。

もしかしてあれはルール違反じゃなかったのか？

だとすると殺人鬼は——。

五味が言っていたことから考えて――。

そうか、分かった。

殺人鬼が誰なのか分かった。

みんなに言うか？　いや、僕はそいつと一対一で対決したい。

そのためには――。

僕は探沢の方を向いた。果実……暗黒獣……楽器……とブツブツ呟いている彼に声をかける。

「あのさ、関係ないと思って黙ってたんだけど、今から思ったら関係あるような気がしてきて……」

探沢は夢から叩き起こされたようにビクッとして振り返った。

「何だ？　何の話だ？」

「実は……」

僕は彼に伝えた。

足原がマスターキーを盗み、剛竜寺の部屋から二冊のノートを持って出てきたことを。

美羅が今朝、男子トイレから出てきたことを。その時、流し台の排水口に泥が付いていたことを。（森の中で突然人格交代した件は、僕がすぐロープを取りに戻っていないことがバレるので言わなかった）

最上が馬田・鹿野捜索時、持ち場である施設を離れて外から戻ってきたことを。また飯盛の死体を発見して施設に戻った時、後ろ姿であるにもかかわらず呪羅だと判別できたことを。

僕の思惑通り、探沢は食い付いてきた。

彼は僕に、ある人物を呼んでくるように言った。その人物と一対一で話したいので、僕は戻ってこなくていいとも。

よし、これで上手く行けば、僕も殺人鬼と一対一で対決できる。

待ってろよ、殺人鬼。

殺人鬼Xの過去

幽子の通夜は閑散としていた。

Xは以前母方の親戚の通夜に列席したことがあったが、その時は遺族と親戚のみならず、仕事関係者や生前親交があった者も大勢列席していた。

だが今回はどうだ。遺族はXのみ、親戚も幽子の弟夫婦が立場上仕方なくという感じで参列しているだけで、それ以外にはほんの数人しかいなかった。その中には例の論田教授もいて不思議な懐かしさはあったが、それにしても人数が少なすぎる。

幽子は街で人気の霊能者ではなかったのか。幽子のお祓いで救われたあのおじさん、幽子に霊験あらたかな壺を売ってもらって喜んでいたあのおばさんはどうしたのか。彼らはみんな幽子に対する恩を忘れてしまったのだろうか。

Xが憤りを感じながら、単調な読経を聞き流していると、突然、襖が勢い良く開いた。

読経が止まり、室内にいた全員が戸口を向くと、禿頭を茹で蛸のように真っ赤にした老人がズカズカと入ってきた。

この男は何者なのか？　混乱が渦巻く室内を横切り、老人は棺桶に歩み寄った。そして罵声を浴びせた。

「このインチキ霊能者がッ！　お前のせいで、娘は、孫は……！」

どうやら亡くなった力重夫人の父親らしい。

老人は勢いのまま棺桶の蓋に手を伸ばした。僧侶は突然のことに体が動かないようで、正座のまま唖然と老人を見上げているだけだ。Xは老人の狼藉（ろうぜき）を止めるべく立ち上がろうとした。

だがそれより早く動いた者がいた。論田だ。彼は老人の肩に手を置くと、冷静な声で呼びかけた。

「死者の眠りを妨げるようなことはおやめなさい」

老人は振り返り、唾を飛ばす勢いで聞いた。

「何だ、貴様は！」

「幽子さんの友人です」

「あのインチキ霊能者の友人だと？」

論田は老人の目をまっすぐ見据えて言った。

「娘さんご一家を亡くされたお気持ち、察するに余りあります。ですがそんなあなたなら、同様に幽子さんを悼む我々の気持ちが分かるはずです。お話は別室でいくらでも伺いますので、どうかこの場で大声を上げることはお控えください」

老人はしばらく論田を睨み付けていたが、結局根負けしたようだ。

「インチキ霊能者の仲間と話すことなどあるか！」

吐き捨てるように言うと、大股で部屋を出ていった。

論田は一息つきながら喪服の崩れを直すと、僧侶に言った。

「お騒がせしました。どうぞお続けください」

「わ、分かりました」

僧侶が気を取り直して読経を再開すると、論田も正座に戻った。

Xはもう少しで老人に殴りかかりそうなほど腸(はらわた)が煮えくり返っていたので、論田が母親の側に立ってくれて嬉しかった。

結局、論田は幽子とどのような関係だったのだろう。幽子は大学の指導教官だと言っていたが、さっき論田は「友人」と答えていた。怒れる老人に素性を明かすと面倒だと考えただけかもしれないが、あるいは論田と幽子の間には師弟関係以上の何かがあったのかもしれない。いずれにしても、論田が幽子を大切に思っていたことは間違いなさそうだ。

それに引き換え――。

先程の老人の言葉で何となく分かった。街の人々が通夜に来ない理由。彼らはきっと老人と同じことを考えているのだ。幽子が未熟だから力重一家は死んだのだと。そして、ひょっとしたら自分もあのインチキ霊能者に騙されていたのではないかという気になってきたのだろう。

Xは二つ反論したかった。一つは幽子ではなく、暴れた力重狐々亜が悪いのだということ。そしてもう一つは、狐々亜と幽子を殺したのはXだということだ。

幽子にはインチキ霊能者の汚名だけでなく、狐々亜殺しという法律上の罪も着せられている。だがそれが濡れ衣だと分かれば、幽子の名誉は大分回復するはずだ。本当は自分が殺した――Xはどれほど声を大にして叫びたかったことか！

だがそれではXを庇おうとした幽子の遺志を無下（むげ）にすることになる。激痛に耐えながらの懸命な偽装工作を無駄にすることになる。だからXは口を閉ざすしかなかった。

密閉されたXの体内で罪悪感は膨れ上がるばかりで、単調な読経でさえも自分を告発する声に聞こえるのだった。

通夜の後の会食中、トイレに立ったXは、薄暗い廊下で論田とすれ違った。

「久しぶりだね。君が小四の時以来かな」

「確かそうだったかと。あの……さっきはありがとうございました」

「礼には及ばない。僕自身、腹が立ってした行動だから。君も嫌な思いをしただろうが、あのような声は一切気にすることはないよ」

「はい」

Xは気になっていたことを聞いてみようとした。しかしその前に、論田が回りくどい口調で尋ねてきた。

「ところで君はこの後のことは決まっているのかな。それというのはつまり、誰に引き取られるとか……」

「ええ、一応叔父さんの家に行くことになっています。通夜にも出席していた夫婦です」

「ああ」

論田は数人の人影が映っている障子を見やってから、独り言のように呟いた。

「それはいい。いいことだね」

今度はXが質問する番だった。

「論田さんはさっきの老人に対して『幽子さんの友人です』と答えていました。実際はどんな関係だったんですか。ただの大学教授が、ずっと昔に卒業した学生の通夜に出席するとは、とても思えないんです」

「それはだね……」

論田は口ごもった。思案する彼の顔をXはじっと観察した。そして相変わらず折れた眼鏡のつるをセロハンテープで補修していることに気付いた時、ようやく論田が口を開いた。

「いや、ある二人の関係を的確に表現する単語を見つけるのは存外難しいものだね。もちろんすべての卒業生の通夜に出席するわけはない。幽子さんとは特別気が合ったから、卒業後も親交があったんだ。その関係を何と呼ぶかは難しいが、やっぱり『友人』という単語が僕にとっては一番しっくり来るな。さっき老人に『友人』と答えた時も、別に身分を隠したわけじゃなくて、自然に出てきた表現だった」

それが客観的な事実かどうかは分からなかったが、少なくとも彼の本心であるようには思えた。

論田は懐から名刺を出し、Xに渡した。それには論田進午(しんご)というフルネームと、連絡先が書かれていた。

「何か困ったことがあれば、いつでも連絡してくれ。相談に乗るよ」

＊

それは狐か人か。

吊り上がった目で長い黒髪を振り乱し、尖った鼻口部の奥には平たい歯が並び、あどけない少女の手からは狩りのための鋭い爪が伸びている。

そんなキメラが襲ってくる。

「来るな。来るな。来るな」

Xは叫びながら、アーチェリーに矢を番えては放ち、また番えては放った。しかし怪物は止まらない。全身から矢を生やしながら近付いてくる。そしてその顔が目の前に現れた。

「――お母さん」

いつしか怪物は幽子に変化していた。彼女は血の涙を流し、Xの肩を揺すりながら、奇妙に抑揚のない声で言った。

「イタイ、ヨオ。タスケテ、ヨオ」

「ごめん、お母さん、ごめん」

Xは必死に誤射したことを謝った。しかし幽子は鎮まらない。

「イタイ、ヨオ」

肩を摑む手に力が入ったかと思うと、Xは押し倒された。数え切れないほどの矢が刺さり、ウニのようになった幽子がのしかかってくる。無数の尖った矢筈(やはず)がXの全身に食い込んでいく。

「タスケテ、ヨオ」

幽子は重く、撥ねのけることができない。このままではXも蜂の巣になってしまう。

その時、Xは魔除けの呪文のことを思い出した。

確かにXは幽子に対して申し訳ないという気持ちで一杯だ。だが死に際に庇ってくれた幽子が、今更Xを道連れにしようとするはずがない。だから目の前の幽子は悪霊だ。悪霊からは身を守らなければならない。

Xは幾度となく唱えてきた呪文を口ずさみ始めた。

第一節は、数多の神話に語り継がれる黄金の果実。

第二節は、人語を解する深き森の暗黒獣。

第三節は、世界の終わりを告げる七人が奏でる楽器。

第四節は……。

ところが呪文は何の効果も発揮しなかった。幽子はますます重さを増していく。無数の矢筈がXの全身を突き破り、母親が受けたのと同じ痛みをもたらした。

「イタイ、ヨオ。タスケテ、ヨオ」

「許して！　許してえっ！」


——自分の悲鳴でXは目が覚めた。

Xは布団の上にいた。見慣れないが、見知っている部屋。そう、ここは叔父の家の物置部屋だ。

またあの夢を見た。Xは事件以来毎晩、狐々亜と幽子に襲われる夢を見ていた。

その都度、魔除けの呪文を唱えるのだが、悪夢が止むことはない。それだけ恨みが強いということなのだろうか。狐々亜と幽子は自分に復讐したがっているのだろうか。

狐々亜だけならまだしも、母親に恨まれているかもしれないということがXに深い悲しみを与えた。死の淵にあっても庇ってくれた母親が、心の奥底では誤射したXを恨んでいたというのか。

全身にぐっしょり冷や汗をかいていた。Xはパジャマを脱ぎ、ティッシュで体を拭いた。ティッシュの粗い生地が擦れた皮膚がひりつく。

パジャマも濡れていて不快なので着替えたいが、服の置き場所が分からない。一家を起こしてまで聞くのは気が引けた。

Xは当初勘違いしていたが、叔父はXを引き取るのではなく、児童養護施設が見つかるまで一時的に預かるだけのつもりだったようだ。

そのせいか叔父夫妻からは、出先で見つけた迷子を持て余すような感じが伝わってくる。さらに、中学三年生になる夫妻の一人娘などは露骨にXを敵視している。

そういう状況だから、Xも一家に遠慮を感じていたのだ。

布団も汗で蒸してしまったし、また悪夢を見たくないので、Xはもう寝る気になれなかった。

仮住まいの象徴のような物置部屋には窓はなく、枕元のスタンドの豆球だけが明かりだ。その暗がりでXは孤独に膝を抱えた。

すると――。

板張りの壁に映った影が揺らめいた。

それは当然Xの影のはずだった。だがXが微動だにしていないのに、影は動いたのだ。

Xはそれをまじまじと見つめた。

影が壁から浮き上がった。そして見る見る形を変えていく。

それは狐か人か。

吊り上がった目で長い黒髪を振り乱し、尖った鼻口部の奥には平たい歯が並び、あどけない少女の手からは狩りのための鋭い爪が伸びている。

そんなキメラが襲ってくる。

「来るな。来るな。来るな」

Xは叫びながら、アーチェリーに矢を番え——ようとし、そんなものなど持っていないことに気付いた。これは夢ではなく現実なのだ。悪霊が現実まで追ってきた。だから夢から覚めるという逃げ道もない。

狐々亜が幽子に変貌する。Xが射ってないにもかかわらず、幽子の全身にはすでに矢が刺さっていた。そのまま馬乗りになってくる。

「イタイ、ヨオ。タスケテ、ヨオ」

無数の矢筈がXの全身を貫く。それは現実の痛みである。

「許して！　許してえっ！」

Xは家中に響き渡る悲鳴を上げた。

騒ぎを聞き付けた一家が起きてきた。叔父がドアを開けると、Xが奇声を上げながら、のたうち回っていた。もちろん物置部屋にはX一人であり、他に人もいなければ狐もいない。

「おい、どうしたんだ」

叔父が声をかけるが、Xには聞こえないようで、金切り声を上げながら時折「許して」「許して」と繰り返すばかりだ。

「気持ち悪い」

従姉(いとこ)がゴキブリを見るような目をXに向けた。

「早く施設に入れちゃおうよ」

「可哀想な子なんだからそんなこと言っちゃダメよ」

義叔母は窘(たしな)めてから、こう付け加えた。

「施設なら今探してるから」

目の前で自分の処遇を話し合われていることにも気付かず、Xは幻の悪霊に抵抗し続ける。その様を見下ろしながら、叔父がボソリと呟いた。

「まるで死んだ子の狐が乗り移ったみたいだな」

＊

悪霊はとうとう昼にも現れるようになった。

学校の帰り道、屋敷の庭からせり出した木で陰になっている路地を歩いている時のこと。

Xは後を付いてくる足音を聞いた。

ぺた　ぺた　ぺた
足音はなぜか二重になって聞こえた。二人の人間がXの後ろを歩いているのだろうか。

ぺた　ぺた　ぺた
いや、それにしては足音が重なりすぎている。二人の人間の足並みがこれほどまでに揃うことがあるだろうか。

ぺた　ぺた　ぺた
そうではないとしたら、考えられる可能性は——。

背後にいるモノが四本足だということ。

Xは弾かれたように振り返った。そこにいるのはやはり四つん這いの力重狐々亜だった。

禍々（まがまが）しい笑いを浮かべながら、じりじりと距離を詰めてくる。

Xは言葉にならない叫びを上げながら駆け出した。

だがすぐにその足は止まった。前方から幽子が現れたからだ。今日の悪霊は狐々亜が幽子に変貌するのではなく、別々の実体を持っているらしい。Xは狭い路地で挟み撃ちされる形になった。

例の呪文を唱えたが、やはり効果はなかった。なぜだ。Xが小さい頃は、夜道の妖怪から護ってくれたのに。

その時、幽子の声がした。

目の前の悪霊がしゃべったのではない。記憶の中の声だ。

——終わりなく延々と続く言葉や図形には、悪いものの侵入を防ぐ効果があるの。

確かにこの呪文は終わりなく延々と続く言葉だ。だがあくまでも一般的な文句なので、強い悪霊を撃退するほどのパワーはないのだろう。であれば、悪霊に直接関係するものを延々と続けていけばいいのではないか。

第一に、Xは力重狐々亜を殺した。

第二に、Xは幽子を殺した。

矢が当たった順番は逆だが、息絶えた順番はこうなので、殺害した順序としてはこう考えるのが正しいはずだ。

これを終わりなく続けていけば……?

光明が見えてきた気がした。

その時だった。

「あんた、大丈夫かい」

その声で我に返ると、前後の悪霊は消えており、代わりに側の門から老女が出てきていた。路地全体を木陰にしている大きな屋敷の住人のようだ。表札には「近藤(こんどう)」と書いてある。

Xが路上にしゃがみ込み、息を荒くしているのを見かねて声をかけたのだろう。

「突然、気分が悪くなってしまって」

「顔色が悪いよ。上がって水でも飲んでいきなさい、ね」

普段ならお節介と感じるかもしれないが、今はその好意が嬉しかった。

「すみません。じゃあ、お言葉に甘えて」

Xは屋根付きの和風門をくぐった。

敷地内はかなり広く、松の木や池、鹿威(ししおど)し、石灯籠(いしどうろう)などが配置された見事な日本庭園があった。飛び石を歩き、縁側に辿り着く。

「ここに座ってなさい。すぐ水を持ってくるからね」

老女は障子を開けると、家の中に消えた。

Xが障子の向こうを覗くと、広い和室となっていた。床の間に雉を象った金属製の置物が置かれている。丸い胴体から長い尾羽が突き出ており、ずっしりと重そうだ。

やがて老女が水の入ったコップを持って戻ってきた。

「はい、どうぞ」

「ありがとうございます」

Xはコップに口を付けた。冷たい水が喉を滑り落ちていく。どこか夢見心地だった意識がクリアになった。

「おかげで元気になりました。ありがとうございます、近藤さん」

「礼は要らないよ。私にもあんたくらいの孫がいてねえ」

「そしてごめんなさい」

Xは縁側の下に隠していた雉の置物の尾羽を握ると、丸い胴体を老女の側頭部めがけて振り下ろした。

「あっ」

という声を上げて、老女は縁側に突っ伏した。Xは間髪を容れず第二撃を加えた。さらに三、四、五……。Xは黙々と雉の置物を振るった。

一分後には、頭部が柘榴のように弾けた無残な死体が、Xの前に横たわっていた。

指紋については力重事件で学んでいた。Xは雉の置物を老女の服で拭うと、念には念を入れて池に放り込んだ。コップも同じようにしようとしたが、それでは自分の唾液が老女の服に付いてしまうと気付き、池の水で洗ってから沈めた。

Ｘは返り血を浴びていないことを確認すると、服の袖に手を引っ込めて、それで門を開けた。路地に人目はない。Ｘは門を出て閉めると、脱兎のごとく駆け出した。

角を五回ほど曲がったところで、Ｘは走るのをやめた。ここまで来ればもう安全なはずだ。警察もまさかたまたま家に招き入れられた子供が犯人だとは思わないだろう。

緊張が解けるとともに、疲労がドッと襲ってきた。手に雉の置物の重みが残っている。それは人殺しの重みだった。誤射や正当防衛ではない能動的な殺人を、Ｘが初めて犯した瞬間であった。

翌朝、テレビでこの事件のニュースが流れた。

「昨日午後、＊＊＊市の自宅で、近藤千尋さん、七十五歳が撲殺されているのを家族が発見しました。警察は殺人事件と見て捜査を続けていますが、被疑者は依然見つかっていない模様です」

「近所じゃないか」

朝食を食べていた叔父が驚いたように声を上げた。

「物騒だな。みんなも気を付けろよ」

「はーい」

と従姉が返事をする。

「家族の仕業でしょうねえ、これは」

犯人が同じ食卓に着いているとは露知らず、義叔母が訳知り顔で事件の分析をする。

Xは黙々とご飯を口に運びながら、内心で近藤千尋に改めて謝罪と感謝の念を述べた。

何と言っても、昨夜は悪霊に襲われず、ぐっすり眠ることができたのだから！

探沢の推理

網走にある人物を呼びに行かせると、探沢は一人、談話室のソファに座って黙考した。壁の時計が一秒を刻む音のたび、思考が研ぎ澄まされていくのを感じる——あるいはそれは思い込みかもしれない。

だが未熟な探偵である探沢には、虚勢を張るしか自分を奮い立たせる術（すべ）がなかった。少なくとも一歩一歩（ポコ・ア・ポコ）、真実には近付いているはずだ。

そう自分に言い聞かせていると、ドアが開いた。

入ってきたのは足原だった。

「網走くんに呼ばれて来たけど」

「ああ、座ってくれ」

探沢は向かいのソファを示した。足原は腰を下ろしながら言った。

「網走くんまで外して何の話？　まさか私を殺すつもり？」

無表情なので冗談なのか分からない。

「まさか。片脚を怪我しているのに、筋トレ星人には勝てないさ」

探沢は冗談で返したが、足原は無表情のままだった。

「あー……」

やはり自分に軽口は合わない。さっさと本題に入ることにした。

探沢はいきなりポケットからマスターキーを出した。不意を突かれたか、足原の瞳が一瞬揺らいだ。

「俺はずっとこのマスターキーを保管しているつもりだった。だがある時期だけ、こいつは俺の上着のポケットの中に存在しなかった。あんたの手に渡ってたんだ。俺に肩を貸している間に盗んだんだろう」

「待って、何の話？　マスターキー？　そんなもの盗んでないけど」

「とぼけても無駄だ。火事の最中、あんたが施錠されているはずの剛竜寺の部屋から出てくるところが目撃されている」

「誰に？」

「答える義務はない」

「ふーん……」

足原はそう言っただけで反論してこない。こちらの出方を窺っているのか。ならば、と探沢は続けた。

「普通ならあんたが剛竜寺を殺した犯人で、消し忘れていた証拠を隠滅しに行ったと考えるところだ。だが今回は火事の真っ最中という特殊な状況。放っておいても証拠はすべて燃えてしまうはずだ。実際は雨で火は消えてしまったが、それは偶然であり、予期できることではない。だからリスクを冒してまで証拠を隠滅しに行ったというのも考えづらい」

「確かにそうかも」

「そこで逆転の発想だ。証拠を隠滅しに行ったのではなく、燃えたら困るものを回収しに行ったのではないか。目撃者の証言によると、あんたは二冊のノートを持っていたという」

「よく見ている目撃者ね」

「剛竜寺の部屋から出てきたことを認めるのか？」

「そうね、ノートの中身を当てることができたら認めてあげてもいいけど」

「本当だな」

「君には分からないと思うよ」

「そんなことはないさ。ノートの中身は――」

　ここが正念場だ。探沢は自分の勘を信じて、確証のない答えを断言した。

「五味のデザイン帳だろう」

　足原は目を丸くした。それからフッと笑みを漏らした。

「よく分かったね。やっぱり名探偵なんだ」

「五味がデザイン帳を盗まれたという話は小耳に挟んでいた。盗んだのはもちろん、いじめていた剛竜寺たちだろう。剛竜寺の部屋にあるノートで、リスクを冒してでも燃やしたくないものという条件からは、このデザイン帳しか思い浮かばなかった」

「そりゃ燃やしたくないよ。ファッションデザイナーを目指しているあの子が、自分で思い付いたデザインを大事に書き付けているノートなんだから」

「あんたと五味は友達だったのか？」

「そうだよ——と胸を張って言えれば良かったのに」

「何？　どういう意味だ？」

「元々、剛竜寺たちにいじめられていたのは私だった。でも後から入ってきた五味さんが庇ってくれて、それ以降、いじめのターゲットはあの子に移った。私はそれを見て——ホッとしたの。自分がもういじめられないことに安心したの。最低だよね。そんな私にも、五味さんは変わらず優しく接してくれた。このパステルブルーのワンピースもあの子が作ってくれたの」

足原が筋トレにそぐわないワンピースをいつも大事そうに着ていたのは、それが理由だったのか。

「私はあの子を助ける力を得るために筋トレを始めた。でも今から思えば、それ自体が逃げだったのかも。『今は弱くてあの子を助けられない、だから強くなる』って言い訳しながら問題を先送りにして。『今』助けないといけなかったんだ。あの子、表面上は平気な顔してたけど、本当は苦しかったはず。彼女が飛び降りたって聞いた時、私は今まで何もしてこなかった自分を死ぬほど恨んだ。同時に、剛竜寺たちを殺したいほど憎んだ」

「そして復讐した」

「違う。もし私が犯人なら、いじめていた三人だけを殺す。無関係の人間を殺したりなんかしない」

「確かに……。その問題があるから、この事件は五味の復讐だと言い切れなくなっているんだ」

湿っぽい空気を吹き飛ばそうとするような明るい口調で、足原が言った。

「君がノートの中身を当てたら、剛竜寺の部屋から出てきたことを認めるって言ったっけ。まあもう認めてるようなもんだけど。一応、鍵を盗んだタイミングと返したタイミングだけ言っとくかな。

盗んだのは施設が燃えているのを見た時。このままじゃデザイン帳が燃えちゃう、ヤバいって思って盗んだ。君がマスターキーを保管しているのは他の人から聞いていたから。返したのは、消火栓探しから戻ってきた君に、もう一度肩を貸した時ね。名探偵のくせに全然気付かないんだから」

「悪かったな。だが認めてくれてありがとう。おかげで謎が一つ解けたよ」

「私の疑いは晴れた？」

「いや、それはまだ保留だ。だが他にも確認しなければならないことがある。次は鏡宮を呼んできてくれないか」

＊

「怖い顔してどうしたの。あ、まさか私を犯人だと告発するつもり？」

美羅は相変わらず軽い調子だったが、その手が一瞬ポケットの表面を撫でたのを、探沢は見逃さなかった。そこには確かコンパクトミラーが入っているはずだ。美羅は鏡――その中にいる呪羅について何か心配事があるのだ。

では、そこに切り込むとしよう。

「いや、まだ犯人を指摘する時じゃない。今は複雑に絡まった糸を少しずつ解きほぐしている段階だ。さて美羅、網走から聞いたぞ。あんたが今朝、男子トイレから出てきたって」

「ああ、あれ？　あれは寝ぼけて女子トイレと間違えちゃっただけで、事件とは何の関係も……」

「そうかな？　いなくなった馬田と鹿野を捜しに行く時、あんたは美羅だった。だが飯盛の死体を発見した網走と最上が施設に戻った時は、呪羅になっていた。御坊の死体を発見したのも呪羅だ。つまりあんたは捜索中、呪羅に交代したんだ」

「……それと男子トイレの件に何の関係があるの？」

「あんたは呪羅を疑っていたんだ。自分が寝ている間に、呪羅が剛竜寺を殺したんじゃないかと」

美羅の表情が変わった。当たりだ、と自信を持った探沢は堂々と推理を続けた。

「あんたが朝起きたら、泥で汚れたサンダルが部屋に置かれていたんだ。『北1男』と書かれていたので、北棟一階男子トイレのサンダルだと分かった。自分が寝ている間、呪羅が外を歩いたのだろうか。でも何で男子トイレのサンダルを？　あんたは直接本人に尋ねたかもしれないが、多分はぐらかされ、渋々サンダルを戻しに行く羽目になった。あんたは律儀に洗面所でサンダルの泥を洗い落とした後、それを男子トイレに戻した。そうして出てくるところを網走に見られたんだ。奴が言うには、流し台の排水口に泥が残っていたらしいぞ」

美羅は黙っている。だがその表情は、網走の推理が当たっていることを雄弁に物語っていた。

「だがその後、剛竜寺の死体が発見され、建物の周囲に足跡が付いていることが判明した。

それであんたは焦ったんだ。まさか呪羅が剛竜寺を殺した後、例のサンダルで部屋に戻ってきたんじゃないかと。それであんたは呪羅を試すことにした。馬田と鹿野を捜索中、呪羅に入れ替わることで、彼女の行動を監視しようとしたんだ」

ここで美羅が反論した。

「それっ、違うよ！　私、鏡がないとダメだもん。呪羅ちゃんに入れ替わっている時は意識がないの。呪羅ちゃんが鏡の側に行かない限りはね。でも施設の外に鏡はないし……」

「ああ、そういう『設定』だったな。だが施設の外にも鏡はあるぞ。大量の水溜まりという鏡がな」

美羅は目を見開くと、観念したように肩を落とした。

「バレちゃったか。そう、私は水溜まりを使って呪羅ちゃんを監視しようと思ってた。でも呪羅ちゃんにもバレバレだったみたいで、『何してんの』って水溜まり越しに話しかけられちゃって。私はサンダルの件を尋ねたんだけど、呪羅ちゃんは答えてくれなかった」

美羅は嗚咽を漏らした。

「呪羅ちゃん、あんな感じだけど、本当は悪い子じゃないの。殺人なんてしてないって信じたいけど……」

「じゃあ、呪羅が昨夜どうしていたかを教えてやろう」

「え？」

美羅はガバッと顔を上げた。

「その代わり、一つ頼まれてくれないか。食堂に行って最上を連れてきてくれ」

「最上先輩を？　どうして？」

「彼が昨夜のキーパーソンなのさ」

＊

美羅が最上を連れてきた。

困惑している二人に対して、探沢はいきなり言った。

「呪羅は昨夜、最上と一緒にいた」

「えっ、えっ、えっ」

美羅は素っ頓狂な声を上げて最上の顔を見た。最上は突然の指摘に反論もできず固まっている。

「昨夜、飯盛は無線ＬＡＮの関係で、自室のドアを開けたままゲームをしていた。すると午前三時頃、向かいの最上の部屋のドアに動きがあったそうだ。一度目と二度目はドアが開いた後、すぐ閉まるというものだった。そして三度目は最上が出てきて、一分ちょっとで戻ってきた」

「その時、ドアの向こうに呪羅ちゃんがいたの⁉」

美羅がすごい勢いで食い付いてくる。

「まあ、待て。順を追って説明していく。飯盛は呪羅を目撃してはいない。だが例のサンダルの件と併せて考えれば真相が見えてくるんだ」

「あのサンダルが関係してるの？」

「ああ。三時頃、呪羅は自室に戻ろうと思って、最上の部屋のドアを開けた。しかし飯盛がドアを開けてゲームをしていることに気付いた。このままでは飯盛に見られてしまうと思った呪羅は、一旦ドアを閉めた。そして十分後、もう一度ドアを開けてみたが、飯盛はまだ起きていた。そこで呪羅は仕方なく最上にトイレのサンダルを取りに行かせたんだ」

「どうしてサンダルを……って、そっか！　窓から外に出ようとしたんだ！」

「そうだ。呪羅は自室の窓の鍵が開いていることを思い出したんだろう。最上は言われた通りサンダルを取ってきたが、深夜とはいえ女子トイレに入る勇気はなかったので、男子トイレのものを持ってきた。呪羅はそれを履き、最上の部屋の窓から外に出て、自室に戻った」

「それで建物の周りに足跡が……って、おかしくない？　それだったら、足跡は最上先輩の部屋の窓から、私の部屋の窓までしか残らないはずでしょ。でも実際の足跡は剛竜寺の部屋の窓から、飯盛の部屋の窓まで、何往復もするように付いてたじゃない」

「もし足跡が最上の部屋と自分の部屋を繋ぐ形で残っていたら、自分たちの関係を疑われてしまうだろう。だから呪羅はどの部屋からどの部屋に移動したか分からないように、建物の周囲を何往復もしたんだ。少しは頭を使え」

美羅はムッとした様子もなく、こう言った。

「なるほど、さすが呪羅ちゃん、あったまいぃー」

よく考えたら自画自賛ではないか？

最上はあっさりと事実を認めた。

「全部、探沢くんの言う通りだよ。これだけの手がかりから突き止めるなんて、さすが名探偵だね」

探沢は頬が緩みそうになるのを我慢しながら言った。

「いや、手がかりはもう一つあったのさ。網走がロープを取りに施設に戻った時、あんた外から戻ってきたらしいな。あんたは施設内の担当だったはずなのに。

その後、二人で飯盛の死体を発見して施設に戻ってきた時、あんたは鏡宮に『呪羅さん』と声をかけたそうじゃないか。しかし網走によると、その時鏡宮は後ろを向いていて、どちらの人格なのか判別できなかったという。馬田と鹿野を捜しに行く前は美羅だったんだし、呪羅が子供の捜索なんて面倒なことをやりそうにも思えないから、普通は美羅のままだと思うだろう。だがあんたは『呪羅さん』と呼んだ。

そこで俺は、あんたが事前に呪羅に会って、人格交代していることを把握していたんだと推理した。あんたが施設の外に出ていたのは、呪羅に会いに行っていたんだろう。それであんたと彼女が特別な関係にあるんじゃないかと考えたんだ。それにあんた、彼女の前では、つっかえずにしゃべれるようだったしな」

最上は苦笑した。

「やっぱり名探偵だ。探沢くんの言う通り、僕は施設内の捜索はほどほどにして、鏡宮さんの後を追った。単独行動は危ないと思って、彼女を護衛しようと思ったんだ。子供たちを捜しているのは美羅さんの方だろうけど、呪羅さんとは体を共有しているから。あっ、これは美羅さんのことがどうでもいいってわけじゃなくて」

最上はあたふたと弁解してから続けた。

「島の東側で鏡宮さんを見つけた。僕の予想とは違って、呪羅さんの人格が表に出ていた。『一人で捜すのは危険だから一緒に捜すよ』と言ったら逆に怒られたよ。『私のことより子供たちの心配をしろ、自分の捜索範囲を捜せ』って」

「やっぱり呪羅ちゃん、優しいんだ」

美羅の言葉に、最上は頷いた。

「そう、彼女は本当は優しい人なんだ。彼女の言う通りだと思った僕は、施設に急いで戻った。そこで網走くんと鉢合わせしたんだ」

探沢は確認した。

「時系列的に、それは呪羅が御坊の死体を発見する前だな」

「うん、多分そうだと思う。その時は呪羅さん、御坊くんの話なんかしてなかったし」

美羅はポケットからコンパクトミラーを出すと、からかうように鏡に話しかけた。

「いやいや、しかし驚いたよ。まさか呪羅ちゃんが最上先輩と付き合っていたとはね」

「は？　付き合ってないんだけど」

探沢の目には、美羅の口は動かず、鏡の中の呪羅の口だけ動いているように見える。ものすごく高度な腹話術なのだ、と自分に言い聞かせた。

「またまたー、とぼけちゃって。昨夜、最上先輩の部屋にいたんでしょ」

美羅は探沢の推理をかいつまんで伝えた。

呪羅はそっけなく答えた。

「ああ、単に勉強を教えていただけだけど」

「勉強？」

最上は照れ笑いを浮かべた。

「いや、僕も十八歳になったら、ここを出なきゃいけないだろ。それで身の振り方を考えなきゃいけないなって思ってて。高校は中退しちゃったけど、でも大学には行きたい。それで高卒認定試験を受けようと思って、毎晩こっそり勉強してたんだ。でもある晩、図書室から教材を取ってくるところを呪羅さんに見られちゃって。それで事情を話したら、勉強を教えてくれることになったんだ。彼女、すごく教え方が上手くて……」

「何百年も生きている私にとって、高校の勉強なんて何でもないわ」

鏡の中の呪羅はそう言った。

彼女が勉強ができる変わり者の中学生なのか、それとも何百年も生きているミラーデーモンなのか、探沢はもう考えないようにした。

「それにしても呪羅ちゃんが事件と無関係で良かったぁ」

美羅はギュッとコンパクトミラーを抱き寄せたが、まだそうとは言い切れない。もし昨夜、呪羅が最上に勉強を教えていたとしても、その後剛竜寺を殺すことはできる。それは最上も美羅も同じだ。

「でも、そしたら犯人は誰なんだい」

「そうだ……それがフォルティッシモな問題だ……」

今、探沢は真相を何重にも覆い隠しているベールを一枚ずつ剝がしていったところだ。だがその中心にある謎は未だ明かされていない。

すなわち、殺人鬼は誰なのか。

殺人鬼Xの過去

　それからしばらくXは平穏無事な日々を過ごした。

　悪霊は現れなかった。

　Xはようやく「母を殺した罪深き子」ではなく「母を亡くした哀れな子」になることができた。力重狐々亜は不幸な犠牲者、近藤千尋は自分を助けてくれた親切なおばあさんとして、記憶の中で処理された。

　これで終わったのだ――Xはそう思おうとした。

　だがそれは大きな間違いだった。


――終わりなく延々と続く言葉や図形には、悪いものの侵入を防ぐ効果があるの。

　幽子はそう言った。

　一度始めた以上、終わることは許されないのだ。

終わりなき円環……。

その日、Xは学校のマラソン大会に備えて、運動場を周回させられていた。

Xは体力がない。日頃の体育でも息切れするほどなのだから、ましてや長距離走など地獄の苦痛だった。

冷たい外気が気道を切り裂き、血の味を滲ませる。心臓がせわしなく跳ね回る。脇腹に苦い痛みが広がっていく。

あとどれだけ走れば終われるのだろうか……。

先の見えない苦しみから、ついにXの足が止まった。

続いていたものを、終わらせてしまった。

それがきっかけになったのかもしれない。

「顔色が悪いよ。水でも飲んでいきなさい、ね」

突然、話しかけられた。

水？

欲しい。ちょうど喉が渇いていたところだ。

「はい、お願いしま――」

答えながら声のした方を向いて、硬直した。

冬の低い太陽に引き伸ばされたXの影が、口を動かしていた。

「ミ、ミ、ミズ、ノンデ」

近藤千尋だ。

Xの悲鳴が運動場に響き渡った。

「どうした、大丈夫か」

教師が駆け寄ってきた。

教師が何を尋ねても、Xは頭を抱えて蹲り、要らない、要らないと繰り返すばかりだった。

やはり終わっていなかった。悪霊から逃れるためには、この殺人を続けていかなければならないのだ。

早退したXは叔父の家へ直帰せず、街中を駆けずり回った。

しかし生け贄(いけにえ)はどこにも見当たらなかった。

Xは舌打ちした。どうして近藤千尋を殺す時に、こうなることを想定していなかったのか。あそこで終われると思っていたのか。しかし今更後悔しても後の祭りである。

日が沈み、深くなった住宅街の陰から、幽子が、力重狐々亜が、近藤千尋が湧いてきた。

全身から力が抜け、すとんとその場に座り込んだ。

悪霊たちがにじり寄ってくる。

「助けて、助け……」

Xは嘆願する。だが幽子が悪霊化した今、Xを助けてくれる者は誰一人いない。

いや――。

Xの脳裏に、ある男の言葉が蘇った。

――何か困ったことがあれば、いつでも連絡してくれ。相談に乗るよ。

そうか、論田なら！

Xは立ち上がった。

悪霊たちは一時的に消えていた。

Xは帰宅すると、ただいまも言わず、自室である物置部屋に駆け込んだ。

「確かこの辺に――あった！」

Xは机の引き出しから論田の名刺を引っ張り出した。そこには携帯電話の番号も書かれていた。

着信履歴に番号を残したくないので、家の電話は借りず、駅前の公衆電話からかけた。

相手が出たのは、コール音がかなりの回数鳴ってからだった。「公衆電話」と表示されたので躊躇したのかもしれない。

「はい」

男の声。かつて聞いた声かどうかは判然としない。

「論田進午教授ですか」

「そうですが」

彼の声はまだ硬い。警戒しているのだろう。

Xは名乗った。すると論田の声が一気に明るくなった。

「何だ、君か。名刺は渡したが、まさか本当に連絡をくれるとは思わなかったよ」

「いけませんでしたか」

「いや、むしろ頼られて嬉しいんだ。それでどうしたの」

「相談したいことがあるんです。でも叔父さん一家には聞かれたくなくて」

「そうしたら明日、土曜日だから、どこかで会って話さないか。昼飯でも食べながら――」

「あの」

Xは遮った。レストランなどで論田と一緒にいるところを目撃されたくない。

「昼はちょっと予定があって。昼食後の十四時、＊＊＊駅の北口で待ち合わせというのはどうですか」

「分かった、じゃあそれで」

通話を終えると、Xは大きな溜め息をついた。脇と背中が冷や汗でぐっしょり濡れていた。

＊

翌日、Xは図書館に行くと嘘をついて、叔父の家を出た。

そして＊＊＊駅の人気の少ない北口で、論田と落ち合った。

Xは論田を駅舎から連れ出すと、線路沿いの寂しい裏道を数分歩いた。

そして線路を跨ぐ陸橋に上った。

陸橋は手すりが低く、その気になれば簡単に線路に飛び込むことができた。

Xは陸橋の中程で立ち止まり、論田の方を振り返った。

「学校の友達とよくここで駄弁るんですよ。だから内緒話をする場所っていったら、ここしか思い付かなくて」

「新しい学校で友達ができたのか。それは良かった」

論田は嬉しそうに言ったが、Xの言葉はもちろん嘘だった。友達などいるわけがない。

「そうなんです。近くの自販機でジュース買ってきたりして」

「そうか、じゃあ今日もその自販機で何か買おう。奢るよ」

しまった、嘘を嘘で塗り固めようと思って、つい余計なことを言ってしまった。飲み物など邪魔になるだけだ。

Xは慌てて答えた。

「あ、いや、お構いなく」

「遠慮しなくていいよ」

「いえ、今は喉が渇いてないんです」

「そう？　まあ僕も飲まなくてもいいけど……」

「それより話をですね」

「そうだった、そうだった。相談って何？」

Xは悪霊に悩まされていることを話した。もちろん自分が彼らを殺したということは伏せて。必然的に近藤千尋の話はできないので、悪霊は幽子と力重狐々亜の二体だという説明になった。

論田はどう答えたものかと思案するように、眉間に皺を寄せた。それからおもむろに口を開いた。

「昔、君と初めて話した時に言っただろう。お化けは人間のマイナスの感情が生み出すって。お母さんを助けられなかったという後悔や、力重狐々亜に対する恐怖が、彼女たちの幻を見せているんだ。君が気にしなくなれば、彼女たちは消える。気にしないというのはなかなか難しいかもしれないが――しかし君はできることはやったんだ。お母さんだって君を巻き込まなくて良かったと、あの世でホッとしているはずさ。恨んでいるわけないよ、絶対」

Xが幽子を殺したことを知らないからそんなことが言えるのだ。欲しいのは慰めではなく、隙だった。

「はい……」

おざなりな返事をしながら隙を窺っていると、論田は話題を変えるように言った。

「叔父さん一家とはどう？　上手くやっていけてる？」

「実は邪魔者扱いされてる感じで……」

「そうか」

論田は目をしばたたかせてから、感情を押し殺したような声で言った。

「残念だが、そんなことになってるんじゃないかとも思っていた」

論田はXに背を向け、手すりに近付いた。

「もし君さえ良かったらの話なんだが……」

＊＊駅の方から電車がやってきた。

「僕と一緒に暮らさないか」

Xの心臓が高鳴った。

チャンスだ！

「ずっと黙っていたが、実は僕は君の——」

Xは論田の背後に忍び寄った。

そして突き飛ばす瞬間、論田は不意に振り返って言った。

「父親なんだ」

え？

という互いの声が交錯した。

直後、論田は手すりを乗り越え、頭から線路に落ちていった。

一瞬、呆気に取られた彼の顔が見えた。

Xは手すりに駆け寄り、線路を見下ろした。

線路に倒れた論田は、スローモーションのように緩慢な動きで起き上がろうとした。

そこに電車が走ってきた。

何かがものすごい勢いで電車の進行方向に弾き飛ばされていった。

電車の急ブレーキ音がやけに遠く聞こえた。

「父親？」

論田が自分の父親？
つまり幽子と結婚していたか、それに近い関係にあったということか？
それで幽子やXに会いに来ていたのか……。
ということは。
Xは自分の父親を殺してしまった、ということになるのか？
その事実はXに——Xに——。
何も。
何も、もたらさなかった。
Xの心はただただ空虚だった。
そこを一陣の木枯らしが吹き抜けた。
Xは我に返ると、急いでその場を立ち去った。
ハッキリ言えるのはただ一つ。
父親も母親と同じように終わりなき連続殺人に組み込まれたということだけだ。

＊

論田の死はニュースで報じられた。普段利用しない＊＊＊駅の周辺にいたことが疑問視されているらしく、警察は自殺・事故・事件すべての可能性があると見て捜査しているとのことだった。

警察が自分に辿り着かないことを、Xはただただ祈るしかなかった。

「論田？」

朝食を食べながらテレビを見ていた叔父が反応した。

「この苗字、どこかで聞いたことあるぞ。確か……」

思い出したのは義叔母だった。

「ひょっとしてこの人、お義姉さんのお通夜に来ていた大学教授じゃない？」

「そうだ、あいつだよ！　はー、死んだのか……。しかも飛び込みねえ」

「あの人って結局、お義姉さんとどういう関係だったの」

「それが俺も分からねえんだ。Xは何か聞いてないか」

「し、知らない」

Xは茶碗に目を落とし、食事に専念しているふりをした。疑われている節は微塵もなかった。

それから一週間が経過したが、警察はまだやってこない。論田とXの繋がりを掴めていないようだ。

それより悪霊の再来が怖い。論田を殺したことで一時的に姿を見せなくなっているが、それも時間の問題だ。いずれまた論田を加えて、Xの前に現れるだろう。その時はまた新たな殺人を犯さなくてはならない。

生き続けるために、殺し続けなければならない。それは何と重い定めなのだろう。

だが――よく考えてみれば人間は皆そうではないか。生きるために他の命を喰らっている。

自分の場合もそれと同じだ。生を求めて何が悪い。

Xはそう開き直ろうとした。

それから溜め息をついた。

その時、物置部屋のドアがノックされた。

「今いいか」

叔父の声だった。Xは慌てて返事をした。

「はい、どうぞ」

ドアが開き、叔父が入ってきた。その手にはパンフレットが握られていた。

叔父は咳払いをしてから、言いづらそうに切り出した。

「その、何だ、お前もいろいろ難しい境遇だから、ウチのような素人じゃなくて、ちゃんとした施設に面倒を見てもらった方がいいということは前から言っていただろう」

「はい」

「その施設がようやく見つかったんだ。『よい子の島』と言うんだがな」

「よい子の……島？」

「こんな施設だ」

Xは叔父からパンフレットを受け取った。

驚くべきことに、その施設は「よい子の島」の名前通り、他に人が住んでいない孤島に立地しているというのだ。

マズい、とXは思った。そんな閉鎖空間なら、自由に殺人が続けられない可能性がある。

だがXは拒否できる立場にない。

それにパンフレットをよく読むと、入所児童はクルーザーで本土の学校に通うのだという。

それなら本土で殺す相手を探すこともできそうな気がした。

だからXは頷いた。

「分かりました、叔父さん。この施設に入ります」

殺人鬼はお前だ

僕の作戦はこうだった。

まず足原↓鏡宮↓最上という順番で、彼らの不審点を探沢に伝える。すると上手く行けば、探沢が同じ順番で彼らを呼び出してくれる。

足原を談話室に連れていく途中の廊下で、事情を話して打ち合わせしておく。

僕の考えでは、最上は昨夜呪羅と一緒にいたはずだ。それをさり気なく探沢に仄めかすことで、鏡宮と最上の事情聴取が同時に行われるかもしれない。

この時、食堂には僕と足原と年少組しかいない。打ち合わせ通り、足原にはトイレに行くふりをして施設の外に出てもらう。その後、僕もあらかじめ探沢に指示されていたという体で食堂を出る。

不確定要素も多いけど、ある程度強引にチャンスを狙っていかないと、単独行動の機会は作れなかった。

作戦は成功し、僕は今、施設から少し離れた森の中で、足原と向き合っている。

「足原先輩、あなたが殺人鬼だったんですね」

雷が鳴った。稲光に照らされた彼女の顔は恐ろしいほど無表情だった。

「違うけど」

「僕はさっき廊下で言いましたよね。『あなたが犯人だと知っている。一対一で話をしたい』って。それで付いてくるってことは、犯人だと認めたってことじゃないですか」

「単に興味があったのよ。何で君がそんなことを思ったのかって」

しらばっくれるつもりか。それなら決定的な事実を突き付けてやるよ。

僕は言ってやった。火事の最中、被害者が五味の部屋に入っていくところを見た――と。

「五味さんの部屋に？　でもあそこは――」

「そうです、あの事件以降、施錠されている。火事の後もちゃんと鍵がかかっていました。にもかかわらず彼女は入っていった。ということは火事の最中だけ鍵が開けられ、また閉められたということになります。それができたのはマスターキーを持っていたあなただけです」

「マスターキー……そうか、私が剛竜寺の部屋から出てくるところを目撃して、探沢くんに教えたのは君ね」

「はい」

「私は確かに剛竜寺の部屋に入った。でも五味さんの部屋には入っていない。入る理由がないもの」

「理由はあります。五味さんのデザイン帳が燃えないように回収するためです」

「いや、デザイン帳は剛竜寺の部屋に――」

「一冊だけはね。五味さんは飛び降りる直前、『デザイン帳も一冊盗まれちゃったし』と言っていました。つまり剛竜寺の部屋にあったのは一冊だけで、残りのデザイン帳はずっと施錠されていた五味さんの部屋にあったということになります。

あなたは剛竜寺の部屋から出てくる時、ノートを二冊持っていました。剛竜寺の部屋を捜す前に、五味さんの部屋で一冊回収していたからです。

その回収中に彼女が入ってきたんです。開かずの部屋で物音がしていることを不審に思ったのかもしれません。元々彼女を殺すつもりだったあなたは彼女に襲いかかった」

「でも死体は音楽室にあったじゃない」

「仕留めきれず逃げられたんです。ここからは推測ですけど、素手での戦いじゃ鍛えているあなたには勝てないと思った彼女は、音楽室まで武器を取りに行ったんじゃないでしょうか」

「武器？　メトロノームのこと？」

「いや、武器としては使いづらいメトロノームをわざわざ取りに行ったと考えるのは不自然な気がします。それより優勝旗じゃないでしょうか。尖った先端が槍になります。とこわけです。

ろがそれを手にする前にあなたに追い付かれ、メトロノームで撲殺されてしまったという
わけです。

その後、あなたは五味さんの部屋に戻り、デザイン帳を見つけた後、マスターキーで施錠した。五味さんの部屋に入ったこと、そこに彼女が入ってきたことを黙っていたあなた以外に犯人はあり得ないんですよ」

足原に表情の変化はなかったが、反論もなかった。これ以上、言い逃れるのは難しいだろう。

彼女が黙っているので、僕はどんどん尋ねることにした。

「何で剛竜寺たちを殺したんですか。しかもあんな猟奇的なやり方……目に金柑を入れたりなんかして」

足原が反応した。静かな声で、だけどハッキリとこう言った。

「違う。あれは仕方なかった」

「仕方なかった？　何が仕方なかったんですか」

つい詰問口調になってしまったのを反省した。猟奇殺人鬼を怒らせたらヤバい。

でも足原は特に怒った様子もなく、淡々と説明した。

「元々あんなことをするつもりじゃなかった。ただ目薬に罠を仕掛けたかっただけなのに」

「目薬？　罠？」

予想外の単語に戸惑う。目薬って何だ？　そんなもの、この事件に出てきてたっけ？

「私、剛竜寺たちにいじめられないように体を鍛えてきた。でもやっぱり大柄な男子を殺せるかどうか不安だった。最初は普通に寝込みを襲うつもりでいたんだけど、一つ問題点に気付いて。もし職員がいないのをいいことに、剛竜寺と妃がヤり始めたら？」

女子のくせに表情一つ変えずに「ヤる」なんて言葉を使うので、僕は思わずドギマギしてしまった。でもその可能性は僕も昨夜考えたことだ。

足原は続ける。

「片方の部屋に片方が夜這いしていたり、剛竜寺が起きて妃を待っていたりしたら、殺すのが難しくなる。でもいくらあいつらでも、そういうことをするのはみんなが寝静まってからだと思った。だから私はそれより早く動くことにした。

私はこれまで、カーテンの隙間から室内を覗き込んだりして剛竜寺の行動を観察してきた。そしてあいつが寝る前に必ず花粉症の目薬を点すことを知っていた。

私は昨夜、剛竜寺が歯を磨いている間にあいつの部屋に忍び込み、目薬の中身を金柑の果汁にすり替えてから、クローゼットに隠れた。帰ってきた剛竜寺は目薬を点し、悶絶。その拍子に椅子が回転し、あいつの体がこちらを向いた。私はクローゼットから飛び出し、その無防備な胸を包丁でめった刺しにしてやった。上手く行ったつもりで一旦現場を離れたんだけど、洗面所で鏡宮さんからトランプの話を聞いて、マズいと思った」

「トランプって昨夜、鏡宮先輩と最上先輩と御坊先輩が談話室でやってた奴のことですか？　それの何がマズいんですか」

「嵐で警察の到着は遅れるだろうから、解剖しても正確な死亡推定時刻は分からなくなるはず。だけど金柑目薬の件が発覚したら？　もし剛竜寺が寝る前に目薬を点すことを知っている人が他にいた場合、犯行時刻が就寝直前に限定されてしまう。まあ、最初はそれでもいいと思っていた。その時刻——十二時前後はどうせみんな自室にいると思っていたから」

「あ、でも鏡宮先輩たちは十一時から一時までトランプをしていた……」

「そう、犯行時刻に三人もアリバイがあるのなら話は別。一気に容疑者が絞られてしまう」

「だからトランプの話を聞いた時、びっくりしてコップを落としたんですね」

「そうそう、よくその話を覚えていたね。だから私はすぐ現場に戻って、金柑目薬の痕跡を消さなきゃいけなくなった。ゴム手袋とスリッパは新しいものを調達した。目薬の容器自体は持ち去ってしまえば済む話。問題は目の方。眼球から果汁が検出されたら、金柑目薬のことがバレてしまう。剛竜寺は左目に点した時点で痛がり始めて私に殺されたから、左目だけを何とかすればいい。私はまず台所から水を入れたコップを持ってきて、左目を洗ってみた」

そういえば、僕が昨夜剛竜寺の部屋に忍び込んだ時、学習机のラバーマットの表面に水の円が残っていた。あれはそのコップを置いた跡だったんだろう。

「でも充血は取れなかった。このままじゃ左目に注目が集まってしまう。それに眼球の奥に果汁が残っている恐れもある。だから、そんなことしたくはなかった。したくはなかったんだけど――左目を抉り出すしかなかった。予備の凶器としてポケットに入れていた果物ナイフを使ってね。そして代わりに金柑を嵌め込むことにした。左目を抉り出した理由をカモフラージュできるし、眼球の奥に果汁が残っていても誤魔化せると思ったから。目潰しに使った金柑は処分してしまっていたから、現場の窓から外に出て、新しい金柑を取ってきた」

ゴキブリの死骸から、犯人が金柑を取りに行ったのは殺害後かなり経ってからだという事実が判明し、探沢が不思議がっていたが、そういう事情だったのだ。

「私は目薬の容器と、それが元々入っていた紙袋を回収した。そして施設を出て、それらと眼球やコップ、二組目のゴム手袋とスリッパを海に捨てに行った。とにかく二回現場に入ったということを知られたくなかったからね。全部が終わって自室に戻ったのが二時頃だったかな」

確か飯盛が自室のドアを開けたのが二時半だ。足原はそれまでに自室に戻れば目撃されることはない。

「ん？　よく分からないんですが、紙袋って捨てる意味ありますか。剛竜寺は多分、健康診断で島に来た医者から目薬をもらったんだと思いますけど、警察がその医者に確認したら、剛竜寺が目薬を使っていたこと自体はすぐ分かってしまいますよね。だったら果汁が付いた容器だけ処分すればいいと思うんですけど」

「確かに目薬のことは医者や職員が知っているでしょうね。でも私はあと二人殺さないといけなかった。だからそれまで自由に動けるように、なるべく目薬の存在は隠しておきたかったの。

探偵気取りの探沢くんが現場を調べるのは予想できたから。その時、机の中に目薬の紙袋だけが残っていたら、容器はどうなったんだ、犯人が持ち去ったのかってなるでしょう。そこから金柑目薬のことに気付かれて、妃辺りが『翔クンはいつも寝る前に目薬を点していた』なんて言い出したら、その時にアリバイがない私が疑われてしまって、それ以降の犯行が難しくなる。だから念のため紙袋も処分した」

「あー、なるほど」

理屈は分かった。でもそこで彼女は一つミスを犯したのではないだろうか。

僕は剛竜寺の机の引き出しから見つかった薬袋を思い出した。「一日5、6回」という記載が、同じ引き出しに入っていた錠剤のものとしては不自然だと探沢が指摘していた。

それもそのはず、この薬袋は元々目薬が入っていたものだったんだろう。目薬なら痒くなった時、「一日5、6回」も不自然ではない。

多分、剛竜寺は医者から錠剤と目薬の両方をもらった。それらは別々の薬袋に入っていたが、使う時にいちいち取り出すのは面倒だから裸で保管し、薬袋だけを引き出しに突っ込んでいた。

剛竜寺の机の引き出しはゴチャゴチャしており、「一日5、6回」の薬袋は奥の方からしわくちゃの状態で発掘された。だからきっと足原はその存在に気付かず、錠剤の方の薬袋を目薬のものだと勘違いして、持ち去ったのだ。暗い中、焦りながら作業をしていたんだろうから無理もない。

僕はミスを敢えて指摘することはしなかった。

それにしても、猟奇的と思っていたあの金柑がこんな現実的な——ちょっと子供らしいドタバタした理由で説明できてしまうなんて。

いや、待てよ。

「金柑のことは分かりましたけど、飯盛先輩の死体に黒ペンキをぶっかけたのはなぜですか？　あれにも理由があると？」

「飯盛と揉み合っている最中、黒ペンキ缶に手が当たって蓋が開いて。ほら、最上先輩がちゃんと拭かなかったせいか、缶の縁のペンキが固まって蓋が閉まりづらくなっていたでしょう。そのまま格闘を続けていたら、これ」

足原はいつも両手首に着けている黒いリストウェイトを見せてきた。

「右手首のリストウェイトが缶に飛び込んで沈んじゃったの。犯行時はゴム手袋を着けていたけど、さすがにペンキ缶に腕を突っ込むわけにはいかない。洗ってもペンキが落ちずに、犯人だと丸分かりになってしまうから。そこで缶を引っくり返して中身をすべて空けることにした。

倉庫の外でやったら目撃される恐れがあるから中でやるしかない。でも縦長の倉庫の入り口付近にぶちまけたら自分が出られなくなる。だから奥の死体にかける形にするしかなかったの。

黒ペンキで汚れたリストウェイトはゴム手袋と一緒に海に捨てて、今着けているのは予備ね。馬田くんと鹿野くんを施設に送り届けた後、自室から取ってきたの」

「なーんだ、そんな理由……」

目的は死体を黒く染めることではなく、缶の中身を空けることにあったのか。手前の取りやすい缶じゃなくて、わざわざ奥の取りづらい缶を使ったのは、まさにそこにリストウェイトが飛び込んだからだったのだ。

そういえば――僕の脳裏に一つの光景が蘇る。

足原が木の上のボールを取る時、伸ばされた右腕は肘から指先まで真っ白だった。あの時、いつも着けているはずの黒いリストウェイトがないことに気付いていたら、そこから彼女を疑うこともできたかもしれない。

「でも、じゃあ、死体にトランペットを咥えさせたのは？　あれはさすがに——」

「うん、あれはごめん。網走くんに罪をなすり付けるためだった」

心臓が強く跳ねる。その鼓動が耳の奥で弾けて目眩がした。

「僕に……罪を……？　それってどういう……」

そして足原は例の呪文を唱えた。

「第一節は、数多の神話に語り継がれる黄金の果実。第二節は、人語を解する深き森の暗黒獣。第三節は、世界の終わりを告げる七人が奏でる楽器。これ、網走くんが時々呟いている呪文だよね」

何——。

聞かれていたのか——。

「一体どういう意味なんだろうって、私、紙に書いて考えたりした。図書室の本で調べて、三つ目のは『黙示録』のラッパかなって思ったんだけど、他のは分からなかった」

それが美羅が拾ったメモか。

「飯盛を殺して黒ペンキをかけている時に、その呪文のことを思い出したの。私がやってきた偽装工作に何となく似てるって。金柑が『黄金の果実』、黒ペンキが『暗黒獣』。じゃあ三人目にはそのものズバリのラッパを咥えさせたら、網走くんに疑いの目を向けられるんじゃ？　そう思った。網走くんの呪文は私だけじゃなくて、他にも何人か年少組の子供が聞いているから。

だから私は**妃極女**を殺した後、トランペットを咥えさせた。あんなクズどもを殺したことで捕まりたくなかったから。でも網走くんには悪いことしちゃったね、ごめん。

だけど君にも罪がありそうね。どうして御坊先輩と――それから**姫島桐亜**さんを殺したの。あんな小さい女の子を」

木々のざわめきが激しさを増していく。

「どうして僕が犯人だって――」

「そりゃそうでしょう。君は火事の最中、妃が五味さんの部屋に入っていくところを目撃したと言った。じゃあどうして君は後を追って部屋に入ってこなかったの？　私たちは仲間を助けるために火災現場に突入したはずでしょ。

もちろん私にはデザイン帳の回収と妃殺害という裏の目的があったわけだけど。同じように君にも裏の目的があったわけだ。妃なんてどうでもいいと思えるくらいの裏の目的が。それは何って考えたら、姫島さん殺害と考えるのが一番自然でしょ」

「なるほど。あなたを犯人だと指摘することで、僕自身がもう一人の犯人だと自白してしまっていたってことですか」

あの時――。

東棟二階のトイレの前から防火扉の方を見た時――。

妃が音楽室に入っていくのが見えた。

僕は彼女を追って音楽室に入った。妃を殺すためじゃない。姫島を殺すためだ。姫島は妃と仲良しだから側にいるんじゃないかと思ったのだ。

ところが音楽室のドアを開けて驚いた。

室内にはターゲットである姫島しかいなかったからだ。

こんなことが……こんなことが起こり得るのか？

これは……奇跡だ。

姫島は楽器棚やカーテンを開けて、誰か隠れていないか調べているようだった。妃を捜していたのだろう。

僕はメトロノームで姫島を撲殺した。出血はなかった。その衝撃でメトロノームが起動し、重りが目盛り部分に擦れるようになった。

僕が立ち去った後、妃がやってきて足原に撲殺された。こちらは出血があった。メトロノームのテンポが速くなっていたのは、この時の衝撃で重りが下にずれたからだろう。

その結果、メトロノームの目盛り部分には、現在の重りの位置にだけ弧状の血痕が残った。

もし（無意味な仮定だけど）僕が妃を殺した後、足原が姫島を殺したんだったら、「元の重りの位置」と「現在の重りの位置」の二箇所に弧状の血痕が残っただろう。メトロノームの血痕は二人が殺害された順序を示している。

さて、それより重要なのは、どうして妃が音楽室に入っていくところを見たのに、実際に行ってみたら姫島しかいなかったのかということだ。後で落ち着いて考えてみたら、別に奇跡でも何でもなかった。

電車の窓から夜景を眺めると、窓ガラスに自分の顔が映る。明るい場所からガラス越しに暗い場所を見ると、ガラスが鏡の働きをすることがあるのだ。

火事の最中、施設の北東側は炎で明るく、南西側は停電で暗かった。その状態で東側から防火扉を見たから、ガラスが鏡になった。

僕が見たのは、音楽室に入る妃ではなかった。鏡で左右が逆になることを考えると、五味の部屋に入る妃だった。

でも五味の部屋は施錠されているはずだけど……？　そう考えた結果、マスターキーを持っている足原が犯人だと分かったというわけだ。

美羅と呪羅が背中の火を押し付け合うために人格交代しまくっていたのは、ルール違反ではなかった。あの時、彼女は防火扉の東側にいたので、ガラスを鏡代わりに使えたのだ。

僕の推理では（探沢も同じ推理をしているかもしれないけど）、美羅は水溜まりで呪羅を監視しようとした。それを水が作り出した鏡とすれば、これは炎が作り出した鏡ということになる。

少し長く考え事をしていた僕は、足原の声で現実に引き戻された。

「同じ施設に三人も人殺しがいるとは考えづらいから、御坊先輩も君が殺したと思うんだけど――でもどうして？　どうして二人を殺したの？」

当たり前のことを再度聞かれて、ちょっとイラッとした。

でも僕にとって当たり前でも、他の人にとってはそうじゃないだろう。

説明してやることにした。

「あいつらが五味さんのことを『ごみ』って呼ぶからさ」

足原はキョトンとした。

「あいつら……って御坊先輩と姫島さんのこと？　あの二人もいじめに関係してたの？　姫島さん、まだ九歳だけど、でもそっか、妃と仲が良かったから……」

あー、鬱陶しい勘違い。まあ、こっちも説明不足ではあった。言い直す。

「いや、もちろん御坊と姫島はいじめとは無関係だよ。五味さんを『ごみ』って呼んでいじめていたのは剛竜寺、飯盛、妃の三人だけ」

僕はふと、校舎裏で剛竜寺たちが五味をいじめていた時の光景を思い出した。

あの時、腰巾着の向こう側にいる剛竜寺は、頭部だけが生首のように見えていた。

もし入所児童の中で一番背が高いが痩せている御坊が腰巾着だったら？　剛竜寺の頭部は隠れる代わりに、全身の両端が御坊の脇からハミ出て見えただろう。背が低くて太っている飯盛が腰巾着だったからこそ、生首になったのだ。

今から思えば、剛竜寺は自分より背が高い御坊の存在を疎ましく思っている節があった。だから腰巾着にするなどあり得ない話だっただろう。

「やっぱりそうよね。でもじゃあ何で網走くんは御坊先輩と姫島さんを……」

「だから『ごみ』っていうあだ名のせいなんだって」

足原はいよいよ訳が分からないという顔になった。

「どういうこと？　網走くん、あなた一体何を言ってるの……」

「終わりなく延々と続く言葉には魔除けの効果があるって知ってる？　僕のお母さんはすごい霊能者でね、ある時、魔除けの呪文を教えてくれたんだ。いきなり『第一節は……』とか小難しい言葉を並べ立てるから、覚えられるかなって不安に思ってたら、お母さんがクスッて笑ってね。これはわざと格好いい言い回しをしてみただけで、唱えるのはもっと簡単な呪文でいいって言うんだ。

第三節は先輩が言う通り『ラッパ』だけど、第一節は『リンゴ』ね。ギリシャ神話とか北欧神話にはよく黄金のリンゴが出てくるから。それから第二節は『ゴリラ』。ゴリラは森の賢者っていうし、ココっていうゴリラは手話で人間と会話することができたって説もあるんだぜ。『リンゴ』『ゴリラ』『ラッパ』……要するにしりとりなんだよ、これ。リンゴ、ゴリラ、ラッパ……って際限なくしりとりを続けていれば、お化けがひしめく夜道も安心して歩けるってわけ。『第一節は……』の方も癖になる格好良さがあるから、時々呟くこともある。先輩が聞いたのがそれ。

しりとりが魔除けになるのは何もお母さんのオリジナルってわけじゃない。後で調べたら、ちゃんと本にもそう書いてあったんだ。お母さんは物知りですごい人だった……僕はね、本当にお母さんのことが好きだったんだ。でもね、殺しちゃったんだよ、僕がこの手で、お母さんを。わざとじゃないよ！　狐憑きの少女を弓で射つつもりだったんだ。でも間違えてお母さんに当たってしまって。

それ以降、僕はお母さんと狐憑きの少女の悪霊に襲われるようになった。しりとりも効かない。もっと強力な護法が必要だ。その時、僕は気付いたんだ。僕が殺した相手の名前が力重狐々亜(りきしげここあ)→網走幽子(あばしりゆうこ)って、しりとりになっていることに。リンゴ、ゴリラ、ラッパとか関係ない言葉を続けるから効果が薄いんであって、殺した相手に直接関係すること――殺した相手の名前でしりとりを続ければ悪霊退散できるんじゃないか。

それで近藤千尋(こんどうちひろ)という近所のお婆さんを殺したんだ。僕の考えは的中して、悪霊は現れなくなった。でもそれは一時的な話に過ぎなかった。悪霊はすぐに舞い戻ってきた。僕はまたしりとりを続けようと思って——ミスに気付いた。近藤千尋の次の『ろ』で始まる苗字の家が、どれだけ探しても見つからないんだ。ら行はレアだからね。殺す前に下の名前も吟味すれば良かったと後悔しても後の祭り。

どうしようかと悩んでいた時に論田進午という人のことを思い出した。この人はお母さんの知り合いでね、どうも僕のお父さんみたいだったんだけど、殺しちゃった。お母さんも、お父さんも、僕がこの手で殺したんだ。僕だってこんなことしたくないよ！　したくないけど、仕方ないじゃないか。それしかしりとりが繋がらないんだから……。

で、僕はこの施設に預けられて、しばらくした頃にまた悪霊たちが現れたんだ。次は『ご』だ。『ご』で始まる苗字。入所して初めて分かったんだけど、クルーザーの発着時間のせいで、本土で人を殺している時間的余裕なんて全然ない。だから殺す相手は施設の入所者か職員から探すしかない。ご、ご、ご……いるじゃないか、救いの女神が。ゴミ・アサミ！

もう分かるだろ？　これが罠だったんだ。剛竜寺！　飯盛！　妃！　あのクズどもが『ごみ』とか呼ぶから——そんな紛らわしいあだ名を付けるから——僕が間違って五味を突き落とす羽目になってしまったんだ」

「あなたが五味さんを突き落とした!?　自分で飛び降りたんじゃなかったの!?」

「実際、五味は飛び降りようとしていたんだ。僕は必死に止めたよ。だって五味に死なれたら『ご』がいなくなっちゃうじゃん。いや、まあ、他にも『ご』はいるけどさ。剛竜寺とか御坊とか……。でも剛竜寺は大柄で喧嘩も強そうだし、御坊だって痩せてるけど背は高い。五味が一番殺しやすい『ご』だったんだ。でも五味は僕を無視して飛ぼうとした。僕はその背中に向かって手を伸ばした——ギリ間に合ったよ。五味の背中を押すことができたんだ。これで僕が突き落としたことになる。僕が殺したことになる。しりとりが繋がる！　僕はスキップしながら施設に戻った。

　でもそこで職員から衝撃の事実を聞かされたんだ。彼女の名前は『ごみ』ではなく『いつみ』だってね。あの時は世界が崩壊したような感じがしたよ。ヤバい。いや、ヤバいなんてレベルじゃない。何せ論田進午の次が五味朝美なんだぜ。しりとりは断絶した。この後『ご』や『み』を殺したって、もう二度と一繋がりにはならない。このままじゃ今まで殺した相手の悪霊が一斉に襲ってきて殺されてしまう。終わりだ——と思ったけど、まだ助かるチャンスが残されていた。

　そう、五味はまだ死んでいなかったんだ！　それなら僕が殺した最後の人物は論田進午となり、しりとりはまだ続いている。でも五味は今も意識不明で、いつ死ぬか分からない。死ねばやっぱり僕が殺した判定になるだろう。だから僕は急いで何人かぶっ殺して、その後五味にトドメを刺すことで、論田進午と五味朝美の間を繋げなければいけなかったんだ。

　施設の名簿を見ながらいろいろ考えた結果、剛竜寺翔↓馬田刃矢士↓鹿野加夢意の順に殺すのがベストだという結論になった。それで昨夜剛竜寺を殺しに行ったんだけど――すでに殺されていた。君が殺したんだ。そのせいでさあ、計画の練り直しだよ。

残る『ご』は御坊しかいない。御坊長秋→妃極女→飯盛大、これでもしりとりは繋がる。この御坊ルートも最初から考えてはいたんだけどね、やっぱり三人とも年長組ってのがネックかなって。一方、剛竜寺ルートは、剛竜寺は手強いけど、後の二人が年少組だから殺しやすい。でも馬田くんと鹿野くんって飯盛のボールを捜してあげるような優しい子じゃん。それを知った時、こんないい子たちが命を落とすようなことにならなくて本当に良かった、って思わず安心したね。結果論だけど。それに比べて御坊ルートは、御坊には何の罪もないけど、妃と飯盛はクソみたいないじめっ子だから気兼ねなく殺せるという利点もあった。それで僕は探沢が崖下に落ちている間に、御坊を殺した。

そうそう、探沢と言えば、あいつを救助する時は間違っても死なせてはならないので慎重に引き上げることを心がけたよ。うっかりロープを放して死なせてしまったら、僕があいつを殺した判定になるかもしれない。しりとりが途切れるのはもちろんだし、そうでなくても探沢ジャーロを殺すのは厄介だろう。論田進午みたいに『ろ』で始まる苗字の人はほとんどいないから。

話が逸れたね。元に戻すと、御坊を殺した直後、また計画外のことが起きた。そうだよ、君だよ！　君が先に飯盛を殺したことで、この施設から『め』が一人もいなくなってしまったんだ！　君はどれだけ僕の邪魔をすれば気が済むんだ！　このまま妃極女を殺しても、しりとりは続かない。そこで僕はまたもや計画を変更しなけりゃいけなかった。とにかく『き』だ。姫島桐亜を殺した。それでホッとしちゃって、後は施設の外で待ってようと思ったんだけど、しばらくしてみんなを助けなきゃと思い直した。だって火事で死なれたら、その分しりとりのパーツが減っちゃうだろ。五味問題が解決したらそれで終わりじゃなくて、今後もしりとりは続けていかなきゃいけないからね。それで僕は施設に戻った。妃は助けられなかったけど、君が助かって良かったよ。だって――」

「もういいよ」

無意識のうちに魔除けを意識していたのか、延々としゃべり続けてきた僕の言葉が、今遮られた。

足原はもはや無表情などではなく、憎悪を剝き出しにしていた。

「よくも五味さんを突き落としたな」

「そんなに五味さんと仲良かったの？」

「そうだよ――って今だけは言わせてもらう。私は彼女の復讐をするために、剛竜寺と飯盛と妃を殺した。でも復讐相手はもう一人いたようね」

足原は鋭い目で僕を見据えた。その目付きが気に入らなかった。

「君に僕を批判する権利があるのか。君だって現実的な理由があったとはいえ、猟奇的なやり方で三人も殺した殺人鬼じゃないか」

「殺人鬼？　殺人鬼ですって？　しりとりとかいう訳の分からない動機で、両親含む無関係な人を何人も殺しておいて——殺人鬼はお前だ」

　足原の言葉が矢のように僕の胸に刺さった。

　そうだ、確かに僕の方こそ殺人鬼だったのかもしれない。

　自覚すると、なぜか口元が緩んだ。

「そうかもな。でも殺人犯も殺人鬼も変わらない。どっちも人殺しだよ」

「うん、だから私はあなたを殺す」

「おっと、そうは行かない。君、自分の名前分かってる？　足原鈴（あしはらすず）だぜ。姫島桐亜（きじまきりあ）に繋がるじゃん」

　僕はポケットから食堂のフォークを出すと、彼女の目に向けて突き出した。

　彼女はとっさに上体を反らしてかわした——が、泥に足を取られて仰向けに倒れた。

　僕は馬乗りになって、顔面にフォークを振り下ろした。

　彼女は右手で顔面をかばった。フォークは右手首のリストウェイトに突き刺さった。でもそれを貫通して肉に突き刺さった手応えがある。引き抜くと、リストウェイトに詰まっていた砂のようなものの他に、血の雫が舞った。

　僕は再度フォークを振り上げた。

「待って」

待たない。姫島桐亜→足原鈴→厨子和志（松葉杖のガキ）→鹿野加夢意と殺せば、五味朝美へのルートが何とか完成する。

でも続く言葉が、僕を硬直させた。

「私の名前は『あしはら・りん』」

フォークが彼女の喉元ギリギリで止まった。

「何言ってるんだ。君は『あしはら・すず』だろ」

「それが間違い。私の本名は鈴。だから私を殺したら『ん』で終わって、しりとりが続かなくなる」

もしそれが本当なら、僕は彼女を殺せない。五味の時と同じように、僕がまた勘違いしているのだろうか。一瞬悩みかけたが、答えはすぐに出た。

「嘘だ。施設の職員が『すず』って呼んでいたのを思い出したよ。死ね」

僕はフォークを動かそうとした。

ところが足原はこんなことを言い出した。

「それは私が『すず』って呼ぶように頼んだから。私は父親から性的虐待を受けていた。あの男はちょうど今のあなたのように私を組み敷いて、耳元で『りん』『りん』って何度も囁きながら私を犯した。それがトラウマで、『りん』とは呼ばれたくなかったの。でも本名は『あしはら・りん』。だからあなたに私は殺せない」

　この話は――本当なのか？　嘘なのか？

　思考がエアポケットに陥った。

　その隙に視界が逆転した。足原が腰の力だけで僕を撥ね飛ばしたのだ。

　僕の体は宙を舞い、地面に叩き付けられた。

　次の瞬間――。

　喉元に鋭い痛みが走った。

「げ？」

　視線を下ろすと、僕の右手に握られたフォークが刺さっていた。僕の喉に。刺さっている？　僕の喉に！　刺さっている！　どうしよう!!　刺さっているじゃないか!!

　僕は助けを求めようと足原の方を見た。彼女は蔑むような、憐れむような目で僕を見下ろしていた。

　助けて――僕はそう言ったつもりだった。

「がぶげべ」

　実際に出た音はそんな感じだった。草の上に赤い水玉模様ができた。僕の口が吐き出した血だった。

　死ぬ？

僕は死ぬのか？

ダメだ、まだ死ぬわけにはいかない。しりとりを続けないと……。

ん、待てよ。

何のためにしりとりを続けるのか。それは悪霊から身を守るため。生きるため。

だけどそもそも生きる必要はあるのか。死んだらどうなるのか。悪霊から逃げることができるんじゃないか。

思考がそこまで至った瞬間、ふっと体が楽になった。

意識が遠くなっていく。

足原の顔がかき消えて——暗闇。

何もない。

誰もいない。

もちろん悪霊も。

は……ははは……やった！　やったぞ！　ついに悪霊から逃げ切ることができたんだ！

これ以上、不毛なしりとりを続けなくてもいいんだ！

と思っていたのも束の間。

光。

光、光、光、光、光、光。

六つの青白い光が僕の周りを取り囲んで、ぐるぐると回り始めた。
何だ、これは？
まるで炎のような。
人魂（ひとだま）のような。
ま、まさか……！
六つの光は次々と姿を変えていく。
力重狐々亜。
網走幽子。
近藤千尋。
論田進午。
御坊長秋。
姫島桐亜。
それらは僕が殺してきた人々だった。
やっぱり悪霊は僕が死んでも追ってくるんだ！
鬼ごっこは終わりなく延々と続いていくんだ……。
とにかく、逃げないと。
でも周囲を悪霊に取り囲まれている。

その輪に一箇所、切れ目があった。

僕はそこに向かって全力でダッシュした。

だけど右手を力重狐々亜に、左手を姫島桐亜に摑まれてしまった。

悪霊たちが不気味に笑いかけてくる。

あああ、助けて助けて！

リンゴ、ゴリラ、ラッパ！

第一節は……！

でも何も起こらなかった。

くそっ、しりとりなんか何の意味もないじゃないか、しりとりなんか……。

その時、僕はその事実に気付いた。

りきしげ・ここあ↓あばしり・ゆうこ↓こんどう・ちひろ↓ろんでん・しんご↓ごぼう・ながあき↓きじま・きりあ↓**あばしり・ひとり**↓りきしげ・ここあ↓……

そうか。

僕が僕を殺したことで、円環は完結したのだ。

その中でしりとりは終わりなく延々と続いていく。

そしてどこにも辿り着くことはない。

それが円というものなのだから。

僕の氏名は網走刑務所を連想させること以外に、もう一つの呪縛がある。それは「し・り・と・り」の四文字を含むこと。その言霊（ことだま）通り、僕はしりとりの牢獄に囚われた。

僕は、何だか、そう、諦めた。

他の六人に笑いかける。みんな笑い返してくれた。さっきより優しい笑顔だ。仲間になったからだ。

みんな、殺しちゃってごめん。

お母さん、やっと会えたね。

お父さん、これからもっと話そう。

僕たちは手を繋いで輪っかを作り、しりとりをしながら闇の底へと落ちていった。

解説

福井健太（ふくいけんた）
（書評家）

早坂吝の長篇ミステリ『殺人犯対殺人鬼』は、二〇一七年から一八年にかけて「ジャーロ」（No.62〜No.66）に連載された後、一九年に四六判ソフトカバーで上梓された。本書はその文庫版である。

まずはプロフィールを記しておこう。早坂吝は一九八八年大阪府生まれ。京都大学文学部卒。在学中は推理小説研究会に所属。二〇一四年に『○○○○○○○○殺人事件』で第五十回メフィスト賞を受賞してデビュー。援助交際のプロである女子高生・上木（かみき）らいちを探偵役に据え、推理の根拠に繋がることわざを問うタイトル当ての趣向が盛られた同作は、様々な角度からミステリファンの好奇心を刺激する野心作だった。

同作に始まる〈援交探偵上木らいち〉シリーズでは、ミステリの手法と下ネタの融合が試みられた。デビュー作の前に書かれていた『虹の歯ブラシ　上木らいち発散』は、七篇の連作を通じて上木らいちのパーソナリティが発散するメタミステリ。『誰も僕を裁けない』は二つの物語──らいちが雇われた館の連続殺人と淫行条例違反で逮捕された高校生の苦闘が結びつく社会派ミステリ。『双蛇密室』はらいちのお客様である刑事が蛇の悪夢に悩み、三十八年前に父親が密室で変死した謎を追う話。『メーラーデーモンの戦慄』はらいちが連続予告殺人犯に挑むストーリーだ。

著者は文庫化時に大幅な改稿を施すことが多く、このシリーズではその傾向がとりわけ強い。デビュー作では事件を増やして趣向を明確化し、第二作では「最も出来に満足していない作品」を「現時点での最高傑作」に磨き上げ、第三作では現実社会のルールに関する誤りを直している。これらは文庫版を完成形と見るのが妥当だろう。

文庫オリジナルで刊行されている〈探偵ＡＩ〉シリーズは、二つの人工知能が対決するＳＦミステリだ。人工知能研究者の合尾創が密室で変死し、高校生の息子・輔は創が遺した探偵ＡＩの相以に出逢う。輔と相以はコンビを組んで殺人犯を突き止め、世界初のＡＩ探偵事務所を開業する。いっぽう並行して開発された犯人ＡＩの以相はテロリスト集団に加担していた。連作長篇『探偵ＡＩのリアル・ディープラーニング』『犯人ＩＡのインテリジェンス・アンプリファー　探偵ＡＩ 2』に加えて、奇怪な館の連続殺人を描く長篇『四元館の殺人　探偵ＡＩのリアル・ディープラーニング』が発表されている。

ノンシリーズ作品にもユニークな設定は少なくない。『ＲＰＧスクール』は超能力者の殺害現場となった高校が外界から隔絶され、剣道に長けた少年がモンスターを倒して魔王を探しながら犯人を推理するゲーム調ミステリ。『アリス・ザ・ワンダーキラー』は『不思議の国のアリス』のVR空間で少女が謎解きを繰り広げる連作長篇。『ドローン探偵と世界の終わりの館』は子供体型の私立探偵・飛鷹六騎（ひだかろっき）がドローンを駆り、受信映像をもとに廃墟の連続殺人犯を暴く安楽椅子探偵ものだ。

こうして紹介を並べてみると、特殊なシチュエーションが多いことは一目瞭然。しかしそれは作風の一面に過ぎない。奇矯さに目を奪われがちだが、思考経路は極めてロジカル――それこそが早坂作品の醍醐味だ。探偵役のビッチぶりが別解を潰す作業に活かされるデビュー作の時点で、その様式は確立されていたのである。

著者の論理的・批評的なスタンスは、初期作の文庫版に付されたあとがきの自作分析にも窺える。『虹の歯ブラシ』のあとがきにある「私が推理小説を書く作業は、パズルを作ることよりも、むしろパズルを解くことに似ている」という文章は、条件を満たす術（すべ）を模索する創作法の表明とも取れる。推理小説（具象的な構造小説）の手法で前衛小説（抽象的な構造小説）の世界を構築することが文学的野心の一つである――という宣言もそこには見られるが、小説表現のコードに切り込む意識の強さは、広義の叙述トリック志向に通じるものだろう。さらに『誰も僕を裁けない』で語られる「倫理的に正しいかどうか」と「論理的に正しいかどうか」をめぐる考察は、早坂作品における援助交際や殺人の扱いに結びつく。倫理に背を向けた「厳格に定められたルールこそが人間的である」という価値観は、作中の随所に色濃く反映されている。

言葉にすると小難しいが、そこから生まれる作品群は晦渋なものではない。奇抜な着想とロジカルな思考を基調として、趣向や表現に工夫を凝らし、独創的な世界を展開するエンタテインメント——つまりは刺激的な本格ミステリなのである。

＊　＊

孤島の児童養護施設「よい子の島」に入所した中学生の「僕」こと網走一人は、同学年の少女・五味朝美をいじめで自殺未遂に追い込んだ剛竜寺翔を殺すため、職員が居ない嵐の夜に剛竜寺の部屋へ侵入する。しかし剛竜寺はすでに殺害され、左の眼窩に金柑を押し込まれた変死体になっていた。島に無差別殺人鬼が潜んでいると考えた網走は、残りのターゲットを自分の手で殺すために計画を練り直し、探偵気取りの同期生・探沢ジャーロとともに捜査を進めていく。

ほどなく二人の男児が行方不明になり、網走は捜索に乗じて殺人に成功するものの、敵もまた暗躍を続けていた。二人が見つかった後、網走は先輩とともに倉庫へ向かい、全身に黒いペンキを塗られた変死体を発見する。網走は予期せぬ展開にショックを受けるが、連続殺人はまだ終わってはいなかった。

そんなプロットからも解るように、本作では倒叙ミステリと犯人探しが縒り合わされている。登場人物表で「殺人鬼X……右の中の誰か」と読者を挑発し、四度にわたって「殺人鬼Xの過去」を挿入することで、著者はフーダニットへの関心を煽り立てる。倫理を逸脱した語り手を用意し、孤島に潜む殺人者を追わせるという導入は、いかにもこの著者らしいものと言えるだろう。

小説表現に強い拘りを持つ著者は、それ故に周到な語り手でもあるが、本作の筆運びはとりわけ鮮やかだ。小説は言葉を介して多彩なもの——客観的事実、主観的認知、心理の動きなどを伝えるメディアだが、本格ミステリの分野ではイメージを（フェアプレイの範疇で）誤誘導するテクニックが磨かれてきた。真相を知ってから本作を再読すれば、その使い手である著者の言葉選びに唸らされるに違いない。

ここで率直に言ってしまうと、倒叙スタイルの犯人探しはさほど珍しくはない。最後に明かされる行動原理——いわゆる狂人の論理にも先例はある。しかし結末の質感は明らかに独特なものだ。当初から世俗的な倫理を捨て、その構図ゆえの歪みを演出することで、オリジナリティの高いサプライズを炸裂させる。その完成度の高さにおいて、本作は著者の最大の成功作にほかならない。

ちなみに本作（四六判）刊行時のエッセイ「どの舞台に血を流すか」（「小説宝石」一九年六月号）において、著者は「本作を読み終えた後、作者がなぜこの舞台設定にしなければならなかったか一度考えてみてほしい。ヒントは主要登場人物の人数と全体の人数だ」

と記していた。まさに「パズルを解く」ような思考法に根差したコメントだが、出題に応じてみるのも一興だろう。

保守的な本格ミステリファンの中には、下ネタや人工知能や異空間が頻出する早坂作品を敬遠していた人もいるはずだ。オーソドックス（当社比）な道具立てとプロットに徹し、間口の広さとリーダビリティを備えた本作は、ストレートに著者の技量を体験できる格好の一冊に違いない。旧来の読者には最大の成功作として、そうでない人には入門篇としてお薦めの逸品なのである。

【早坂吝　著作リスト】

＃は〈援交探偵上木らいち〉シリーズ、＊は〈探偵ＡＩ〉シリーズ。

＃『○○○○○○○○殺人事件』講談社ノベルス（一四）→講談社文庫（一七）

＃『虹の歯ブラシ　上木らいち発散』講談社ノベルス（一五）→講談社文庫（一七）

『ＲＰＧスクール』講談社ノベルス（一五）

＃『誰も僕を裁けない』講談社ノベルス（一六）→講談社文庫（一八）

『アリス・ザ・ワンダーキラー』光文社（一六）→『アリス・ザ・ワンダーキラー　少女探偵殺人事件』光文社文庫（二〇）

♯『双蛇密室』講談社ノベルス（一七）↓講談社文庫（一九）
『ドローン探偵と世界の終わりの館』文藝春秋（一七）↓文春文庫（二〇）
＊『探偵ＡＩのリアル・ディープラーニング』新潮文庫ｎｅｘ（一八）
♯『メーラーデーモンの戦慄』講談社ノベルス（一八）
『殺人犯　対　殺人鬼』光文社（一九）↓光文社文庫（二二）
＊『犯人ＩＡのインテリジェンス・アンプリファー　探偵ＡＩ　２』新潮文庫ｎｅｘ（一九）　※本作
＊『四元館の殺人　探偵ＡＩのリアル・ディープラーニング』新潮文庫ｎｅｘ（二一）

初出　ジャーロ62（2017年冬）号〜66（2018年冬）号
二〇一九年五月　光文社刊
図版作成　デザイン・プレイス・デマンド

光文社文庫

殺人犯対殺人鬼（さつじんはんたいさつじんき）

著者　早坂　吝（はやさか　やぶさか）

2022年5月20日　初版1刷発行

発行者　鈴木広和
印刷　萩原印刷
製本　ナショナル製本

発行所　株式会社　光文社
〒112-8011　東京都文京区音羽1-16-6
電話（03）5395-8149　編集部
8116　書籍販売部
8125　業務部

ISBN978-4-334-79355-5　Printed in Japan

組版　萩原印刷